ŒUVRES D'ANTOINE FRANCON

CLERMONT-FERRAND. — TYP. DUCROS-PARIS.

A. FRANÇON
Défenseur de l'empire des lois.

ŒUVRES

D'ANTOINE FRANCON

HISTOIRE CRITIQUE DE NAPOLÉON-LE-GRAND
AVEC DES RAISONS SUR LES CAUSES DE SA GRANDEUR
ET DE SA DÉCADENCE.

EXAMEN PHILOSOPHIQUE DES CAUSES DE LA GRANDEUR
ET DE LA DÉCADENCE DES ROMAINS

HISTOIRE DES CAUSES DE LA GRANDEUR ET DE LA DÉCADENCE
DES COLONIES
DEPUIS NOÉ JUSQU'A NOS JOURS.

HISTOIRE DES PROGRÈS ET DE LA DÉCADENCE
DU CHRISTIANISME

> Pour arriver à la grandeur terrestre il faut des vertus.
> Pour parvenir à la grandeur céleste il faut des vertus.

CLERMONT-FERRAND
DUCROS-PARIS, IMPRIMEUR-LIBRAIRE
1869.

PRÉFACE

DE L'HISTOIRE CRITIQUE DE NAPOLÉON-LE-GRAND.

Napoléon-le-Grand a été le grand bienfaiteur de la France, en instituant un corps législatif. La puissance législative est l'âme de l'état, le pivot sur lequel tourne toute la machine politique. Le corps législatif établi par Napoléon-le-Grand renferme l'avenir de la France. J'exhorte de toutes mes forces les patriotes et les sages de la France à perfectionner, à épurer leur puissance législative.

Quant à moi je présenterai à la nation française mon projet de réforme électoral avec cette épigraphe.

Aux savants des nations la puissance législative.

Je conclus qu'une puissance législative bien organisée est le plus grand bienfait qu'on puisse accorder à une nation.

Je suis persuadé que l'absence d'une puissance législative bien organisée a été la grande cause de la décadence des Romains. Je suis persuadé qu'une puissance législative mal organisée a été la grande cause de la décadence de la Pologne.

Je préviens mes lecteurs, que j'ai fait un choix des faits historiques de Napoléon-le-Grand, qui renferment une grande instruction pour les souverains et les législateurs.

Napoléon-le-Grand s'est déclaré l'empereur de tous les Français; c'est ce qui a fait sa grandeur. Napoléon-le-Grand ne s'est pas déclaré, comme Alexandre-le-Grand, le défenseur des peuples vaincus, c'est ce qui a fait sa décadence.

J'enseigne que les victoires de Napoléon-le-Grand ont fait la grandeur de la France, lorsqu'elles ont augmenté le nombre des amis des Français. J'enseigne que les victoires qui ont augmenté le nombre des ennemis des Français ont préparé la décadence de la France.

J'enseigne que la puissance macédonienne a péri par ses conquêtes, que l'empire romain a péri par ses conquêtes.

Lorsqu'une nation périt par ses conquêtes nous devons conclure que cet événement est ordinaire et nullement miraculeux.

Cyrus-le-Grand, Alexandre-le-Grand remplirent les trois grands devoirs prescrits aux conquérants par les philosophes; ils respectèrent les religions des peuples vaincus, ils protégèrent la pudicité des femmes, ils enrichirent les pays conquis. Napoléon-le-Grand est admirable en matière de religion dans les pays conquis et en France; mais il n'a pas assez protégé la pudicité des femmes, et il n'a pas enrichi les pays conquis.

PRÉFACE

DE L'HISTOIRE PHILOSOPHIQUE DES ROMAINS.

Je partage la fameuse histoire romaine en deux grandes époques, de progrès et de décadence. L'époque de vertus et des progrès commence sous Romulus, fondateur de Rome et se prolonge jusqu'à Sylla, dictateur; je donne raison des progrès.

L'époque de corruption et de décadence commence sous la dictature de Sylla et dure jusqu'au règne de Romulus-Augustule. C'est sous le second Romulus que le colosse fut assommé par Odoacre.

La philosophie de Numa-Pompilius a été la grande cause de la grandeur de Rome. La philosophie de Frédéric-le-Grand a été la grande cause de la grandeur de la Prusse.

Tarquin-le-Superbe monta sur le trône par le plus grand des crimes, je donne raison des crimes de Tarquin.

Le consulat d'Apicius et de Servilius nous amène à une fameuse question politique et sociale qui préoccupe l'Europe.

Grand crime de Coriolan, grands crimes des nobles de la France en 89. J'en donne raison.

Au milieu d'une époque de vertus, les crimes des décemvirs épouvantent la ville de Rome; j'en donne raison.

Parallèle entre Camille et Annibal. Questions des colonies.

Rome remplie de pauvres donna naissance à de nombreux conspirateurs.

Parallèle entre l'intervention des Romains dans la Sicile et l'intervention des Français en Amérique.

Résultat des trois gueres puniques funestes aux Carthaginois et aux Romains.

La sagesse américaine est supérieure à la sagesse européenne.

Guerres des Romains dans la Grèce, leurs causes et leurs déplorables résultats.

DICTATURE DE SYLLA.

AVIS AUX LECTEURS.

Je prie mes lecteurs de remarquer que la grande époque de corruption et de décadence des Romains commence sous la dictature de Sylla.

Je prie mes lecteurs de remarquer que la liberté des Romains périt sous la dictature de Sylla, parce que les dictateurs sont plus forts que les lois.

Je prie mes lecteurs de remarquer que le pouvoir dictatorial usurpé est le grand fléau de Rome et que le pouvoir dictatorial renfermé dans les lois, place Sparte au comble de la gloire.

J'exhorte les législateurs de la France et de l'Europe à remarquer que Sylla, en abolissant des lois protectrices pour se rendre populaire, a été une grande cause de la décadence des Romains en favorisant leur corruption. J'exhorte nos législateurs à remarquer que les nations périssent par la corruption, et que les peuples doivent leurs grandeurs à des vertus.

Conjuration de Catilina.

La conjuration des socialistes de nos jours est une image parfaite de celle de Catilina. Sylla en corrompant les Romains n'a pas été étranger à la conjuration de Catilina.

PRÉFACE

DE L'HISTOIRE CRITIQUE DES COLONIES.

Pour fonder des colonies il faut des vertus.

Les auteurs qui ont écrit sur les colonies, les députés qui ont parlé des colonies au milieu du corps législatif, et les journalistes n'ont pas osé enseigner que les Français sont incapables de fonder des colonies florissantes.

Haute question philosophique.

Les Français de nos jours sont-ils capables de fonder des colonies florissantes comme Sigovèse et Bellovèze ?

Je réponds très-négativement. Les anciens Romains à des époques de vertus fondèrent un grand nombre de colonies florissantes. Les Romains tombés dans la corruption eurent besoin eux-mêmes des colons étrangers pour cultiver leurs terres. Les Musulmans vertueux ont rempli l'Ancien-Monde de leurs colonies florissantes; la Turquie de nos jours fait de grands sacrifices pour attirer dans ses provinces des cultivateurs étrangers. Les Musulmans de nos jours sont trop corrompus pour fonder des colonies florissantes.

Les Gaulois, nos ancêtres, fondèrent trois siècles avant notre ère des colonies florissantes dans l'Italie, en Espagne et en Asie, aujourd'hui les provinces la France auraient besoin d'un million de colons de chinois pour cultiver les terres.

Je conclus que les Musulmans et les Français de nos jours sont incapables de fonder des colonies florissantes à cause de leur corruption.

Illusion monstrueuse de M. Duval.

» Les colonies sont le moyen de déverser sur les pays » incultes le trop-plein des populations européennes.» L'illusion de M. Duval est monstrueuse, les bras manquent à la culture en Espagne, en Portugal, en Italie et en France. Dans les villes, il y a encombrement; mais les citadins sont incapables d'une manière absolue des travaux des champs dans les colonies.

Illusions des nations.

Les politiques de la France enseignent que la Grande-Bretagne est en décadence, tandis que les politiques Anglais enseignent que la France est en décadence, les Français égarés par leurs sophistes, s'imaginent qu'ils sont le premier peuple du monde. Les étrangers pensent que le peuple Français est un des plus corrompus de l'Europe. Les Français s'imaginent être un peuple colonisateur; les auteurs de l'Europe écrivent que les Français sont les plus faibles colonistes de l'Europe.

École de l'histoire.

Du temps des croisades les Godefroy, les Baudoins les Lusignan fondèrent des fantômes de colonies à Jérusalem. Nos colons furent exterminés à Constantinople et à Palerme, on a fait une horrible boucherie de nos colons à St-Domingue et à Madagascar. Les Egyptiens voulaient détruire la colonie fondée par le général Bonaparte. L'Algérie est un champ de bataille et le tombeau des Français.

PRÉFACE

De l'Histoire de la grandeur et de la décadence du Christianisme.

Le christianisme doit sa grandeur aux vertus apostoliques; et le christianisme doit sa décadence à la disparition des vertus apostoliques.

Je parle ainsi à un prêtre; Monsieur j'ai le projet de réfuter Bossuet. Ce prêtre étonné me tient ces paroles : « Que pouvez-vous reprocher à Bossuet que nous admi- » rons? » Il fait trop un devoir aux rois de soutenir la religion. L'histoire apprend que les rois ont bouleversé la religion en la protégeant imprudemment. Ce prêtre me répond par ces paroles : « Nous croyons tous que les rois » ont été plus funestes à la religion en la protégeant im- » prudemment que les Dioclétiens en la persécutant; vous » n'enseignerez pas une vérité nouvelle. »

RÉFLEXION.

Ce prêtre prononce sa propre condamnation et celle de tous les prêtres qui font sans cesse un devoir aux rois de protéger la religion.

Je tiens ces paroles à un prêtre : Les prêtres catholiques poussent les rois à persécuter les hérétiques, la doctrine du Christ n'autorise point la persécution des hérétiques; persécuter les hérétiques, c'est se placer hors l'Evangile. Ce prêtre se contenta de dire : « Les hérétiques sont les » plus dangereux des hommes »

Je conclus que la persécution des hérétiques est aussi bien une violation de la politique qu'une violation de l'Evangile.

Je parle ainsi à un prêtre savant de Clermont. Les jésuites ne devraient pas entrer furtivement dans la Chine, puisqu'un sage gouvernement ne doit pas tolérer les enseignements clandestins, ce prêtre me répond : « Les » prêtres ont le droit de violer les lois humaines pour défendre les droits de Dieu. » La réponse de ce prêtre me parait celle d'un fanatique.

Des circonstances me mettent en rapport avec deux jeunes jésuites qui entrent en spiritualité ; ils me parlent de l'oraison, de l'œuvre de Dieu, de la charité envers le prochain. Je réponds ainsi à ces Messieurs : Un jésuite n'a jamais connu sa religion, parce qu'un jésuite n'a jamais été tribun du peuple. Ou bien le clergé manque de science ou bien il manque de vertus. La charité est un dogme appartenant à la révélation. Ce dogme enseigne qu'un bon chrétien doit aimer son prochain comme soi-même; la charité est mal comprise et mal pratiquée. L'abbé de Mably, le prélat Fenélon, Lacordaire, Lammenais ont été tribuns du peuple Je suis persuadé qu'il faut être tribun du peuple pour pratiquer le dogme de la charité.

Dans un village où je voyais des malades, une dame me tient ces paroles : « Notre commune a des revenus et » nous accordons un supplément au vicaire et au curé. » Croyez-vous que le curé et le vicaire ont besoin de supplément. « Nous savons qu'ils ont de bons traitements, qu'ils » sont riches; nous accordons des suppléments par déférence. » Est-ce que les pauvres manquent dans la commune? « Que me dites-vous? Il y a dans la commune » trente maisons ou l'huile, le bois et le pain manquent » pour faire la soupe. » Pourquoi ne donnez-vous pas aux pauvres qui ont besoin. « Ils n'en valent pas la peine » me répond la dame.

HISTOIRE CRITIQUE
de
NAPOLÉON-LE-GRAND

EMPEREUR DES FRANÇAIS, ROI D'ITALIE, PROTECTEUR DE LA CONFÉDÉRATION DU RHIN, MÉDIATEUR DE LA CONFÉDÉRATION SUISSE.

AVEC DES RAISONS SUR LES CAUSES DE SA GRANDEUR ET DE SA DÉCADENCE.

L'Épée séparée de la Philosophie ne fait rien de bon.

L'an 1787, le mauvais état des finances détermine le gouvernement français à consulter la nation pour porter remède aux maux des sujets de Louis XVI.

L'assemblée des notables, égoïste et dépourvue de fraternité, ne fit rien et ne pouvait rien faire.

L'Assemblée constituante présente au monde un très-noble spectacle. Les membres de cette auguste assemblée sont plus qu'un sénat de rois, ils sont un sénat de philosophes; ils sont les arborateurs de la fraternité universelle.

O fragilité humaine ! O spectacle déplorable ! les illustres membres de l'Assemblée constituante se mettent l'esprit à la torture pour faire le bonheur du genre humain, et ils sont très-loin de faire le bien qu'ils veulent faire avec ardeur et sincérité.

Haute question philosophique.

Pourquoi est-ce que les illustres membres de l'Assemblée constituante n'ont pas pu être les bienfaiteurs du genre humain avec leur grande charité ?

J'appelle ici l'attention. Les illustres membres de l'Assemblée constituante, orateurs et remplis de l'esprit de fraternité, n'ont pas pu faire le bonheur du genre humain, parce qu'il faut être philosophe géant pour être capable d'être le grand bienfaiteur des hommes.

Les membres de l'Assemblée législative, orateurs, patriotes, amis du vrai, furent écrasés par la hauteur de leur mission, parce que les philosophes géants seuls sont capables de doter un peuple d'une forte constitution.

La Convention pratiqua des vertus politiques, s'occupa fortement de la grandeur et de la gloire de la France, en prêchant la liberté aux Français ; elle leur fit sentir tout le poids de son despotisme, parce que la liberté ne peut arriver aux hommes que des mains d'un philosophe.

Le Directoire succède à la domination sanglante de la Convention. Les illustres membres de cette assemblée, pleins de patriotisme, firent des efforts inutiles pour améliorer l'état de la France, parce qu'une nation ne peut être régénérée que par un personnage extraordinaire.

Enfin, la divine Providence qui protége la France nous offre cet homme extraordinaire dans la personne du premier Bonaparte.

Expédition en Italie.

L'an 1797, le général Bonaparte attaque l'Italie.

Sur un drapeau admirable, nouvel oriflamme de la République, on voyait en lettres d'or :

« L'armée d'Italie a triomphé dans dix-huit batailles » rangées. »

Toutes les rues de Paris retentissaient du cri de : *Vive le général Bonaparte!* Toutes les têtes cédaient à l'ivresse.

En moins d'une année, Bonaparte, âgé de vingt-huit ans, a détruit quatre armées autrichiennes, a donné à la France une partie du Piémont, a fondé deux républiques, et a subjugué une grande partie de l'Italie.

Erreur monstrueuse de M Thiers.

M. Thiers donne très-faussement au jeune Bonaparte le titre de vainqueur de l'Italie. Le général Bonaparte n'a jamais mérité le titre de vainqueur de l'Italie, parce qu'il n'a jamais été le vainqueur des cœurs des Italiens. Le général Bonaparte a fait une faute colossale en attaquant l'Italie trop avec l'épée : les dix-huit victoires remportées par le jeune Bonaparte en Italie font sa condamnation. Cyrus, Alexandre et Mahomet ont fait la conquête d'une grande partie du monde en remportant un petit nombre de victoires, parce qu'ils ont attaqué les nations plus avec la philosophie qu'avec l'épée.

Campagne d'Egypte.

Si la campagne de l'Egypte, célèbre par de si éclatantes victoires, a été un fléau pour la France en lui dévorant trente mille héros et trois cents millions, cette expédition renferme une grande instruction pour tous les souverains de l'Europe.

Après la révolution du 18 brumaire, le jeune Bonaparte, parvenu au Consulat, régénère la France, et cependant il n'a pu fonder une colonie sur les rives du Nil. Sa Majesté

Napoléon III a rendu la France continentale florissante et ses yeux mal contents voient l'Algérie languissante. J'en donne raison : la France continentale n'a pas besoin de lois pour la peupler, et l'Algérie a besoin des lois les plus fortes pour la remplir de défenseurs. Dans la colonie établie par Bélovèze, en Italie, les femmes impudiques étaient brûlées vives ; dans la colonie de Romulus, les filles publiques roulaient la roche Tarpéienne ; dans l'Algérie, la prostitution dépeuple la population française, et l'indolence dépeuple la population indigène.

J'exhorte notre Napoléon à se persuader que les grands fondateurs des colonies ont forcé les hommes au travail, à la continence et au mariage pour créer des empires naissants.

Parallèle entre Napoléon-le-Grand et Alexandre-le-Grand.

La campagne de l'Egypte renferme une des grandes leçons de l'histoire. Alexandre attaqua l'Egypte avec la philosophie et il réussit, il fait la conquête de l'Egypte en deux jours et il la conserve très-facilement.

Napoléon-le-Grand étonne le monde par ses éclatantes victoires, il devient maître de l'Egypte très-difficilement en faisant de l'Egypte un tombeau pour les Français et les Africains et il ne peut conserver une conquête qui avait dévoré trente mille Français.

Je conclus que l'histoire est la grande école des législateurs, des diplomates et des politiques.

Je conclus, pour corroborer mon épigraphe, que l'épée séparée de la philosophie ne fait rien de bon.

Je conclus que tout ce qui est séparé de la philosophie est frappé de stérilité.

Je conclus que les nations vivent par leurs législateurs philosophes.

Seconde campagne d'Italie.

Lorsque la France faisait la conquête de l'Egypte, elle perdait l'Italie. Le premier consul, l'an 1799, franchit le mont Saint-Bernard à travers mille obstacles et fait en Italie une irruption imprévue. La bataille de Marengo décide du sort de l'Italie. Lorsque les badauds voulaient faire croire à Napoléon que les Italiens lui étaient dévoués, il leur répondait par ces paroles : « Les Italiens peuvent être de bons Italiens, mais ils ne seront jamais de bons Français. »

Paroles d'un Italien.

Un réfugié italien se plaignait de tous les gouvernements de l'Italie. Je parle ainsi à l'Italien : Vous autres, Italiens, vous avez fait une grande faute en ne soutenant pas notre premier Bonaparte de toutes vos forces ; sa constitution était supérieure à toutes celles que vous avez. « Comment soutenir de toutes nos forces un homme qu nous a ruinés, » me répond l'Italien.

Je conclus qu'un conquérant fait une faute colossale en ruinant un pays conquis.

Je conclus que les hommes ne pardonnent jamais les conquérants qui les ont ruinés.

Je conclus que le Directoire fit une faute colossale en levant en Italie de très-fortes contributions.

Je conclus que le général Napoléon a fait une faute colossale en écoutant le Directoire coupable d'un acte impolitique.

Réflexion.

Lorsque le Directoire imposait à l'Italie des contributions ruineuses, il exposait l'armée française à une extermination. Il provoquait des soulèvements contre le salut et la gloire du général en chef. Le Directoire visiblement rendait les Italiens ennemis de la France par ses contributions, et l'obéissance du général envers le Directoire n'était rien moins qu'un devoir

Machine infernale.

Le 24 décembre 1800, une machine infernale dirigée contre le premier consul éclate dans la rue Nicaise, mais il échappe à cette terrible explosion qui priva de la vie un grand nombre de personnes.

Réflexion.

Tous les auteurs de ce grand attentat furent des hommes lettrés ; ce qui prouve que la littérature ne rend pas les hommes vertueux, comme le pensent et l'enseignent les sophistes de l'Europe. Une constitution forte, disent les philosophes est le moyen principal pour diminuer le nombre des crimes. Chez tous les peuples du monde, la religion, l'éducation, la littérature sont des moyens secondaires pour régénérer et civiliser les hommes.

L'année 1801 fut remarquable par la promulgation d'un concordat entre le pape et le premier consul. Les concordats sont des institutions purement humaines. L'union américaine en répudiant les concordats s'est préservée des difficultés des concordats.

Expédition de Saint-Domingue.

L'an 1803, le premier consul fait partir une flotte pour faire rentrer les Nègres rebelles dans le devoir. Cette expédition fut une faute colossale contre la physiologie, elle est au-dessus des forces physiques des Français. Le soleil de Saint-Domingue et les fatigues de la guerre suffisent pour détruire une armée française.

Les Espagnols sont incapables de supporter les fatigues de la guerre à Saint-Domingue. Les Anglais sont incapables de supporter les fatigues de la guerre dans l'Inde.

J'enseigne que le soleil de l'Inde suffit pour détruire une armée européenne sans le secours des miasmes.

J'enseigne que le soleil de Saint-Domingue tout seul peut exterminer toute une armée européenne, quoique la constitution de l'air soit bonne.

Je conclus que les Anglais dans l'Inde, que les Espagnols dans Saint-Domingue font aujourd'hui une faute colossale contre la physiologie.

Une horrible conspiration dans laquelle étaient impliqués Moreau, Pichegru, occupa l'esprit public. Cette conspiration prouve que la littérature ne rend pas l'homme vertueux, puisque les auteurs de la machine infernale et de la conspiration de 1802 furent lettrés.

Exécution du duc d'Enghien.

Le duc d'Enghien qui avait combattu sous les drapeaux ennemis contre la France fut exécuté dans les fossés de Vincennes. L'Europe a condamné cette exécution. M. Thiers donne les preuves d'une vraie sympathie pour ce Coriolan. Nos mœurs diffèrent de celles des anciens. En Egypte, à Rome, dans la Grèce, les transfuges qui avaient combattu contre leur patrie subissaient le dernier supplice. Aujourd'hui un Chinois qui a combattu contre sa patrie sous les drapeaux ennemis, est condamné au supplice du couteau. Quant à moi, si j'étais législateur, je n'accorderais pas aux Coriolans le bénéfice d'un procès, et ils subiraient en France la peine des parricides.

Napoléon, empereur.

Le 18 mai 1804, le premier Consul est nommé Empereur. Le 1er décembre 1804, l'hérédité de l'empire est déclarée dans sa famille. Le lendemain il est sacré par le pape dans l'église Notre-Dame. L'Italie lui donne la couronne de fer; il reçoit les félicitations du Saint-Siége, de Naples et du Portugal; il visite le théâtre de ses exploits, et se hâte de revenir à Paris, où il apprend qu'une coalition se forme en Europe contre sa grandeur. Tant de faveurs et tant de disgraces arrivèrent au jeune Empereur, dans l'espace d'une année, sans écraser sa tête forte et invincible.

Le 2 décembre, notre Empereur gagne la fameuse bataille des trois Empereurs à Austerlitz. Cette incroyable victoire place notre Napoléon à l'apogée de la gloire, et lui donne la prétention à une vaste suprématie en Europe.

Réflexion.

J'appelle ici l'attention. Napoléon aurait obtenu cette suprématie qu'il ambitionnait, s'il se fût appliqué à subjuguer les cœurs des peuples vaincus. Un conquérant subjugue les cœurs des hommes en respectant les religions, en protégeant la pudicité des femmes et en augmentant les richesses des peuples conquis. En Europe, les priviléges des prêtres et des nobles ordinairement sont trop grands; les traitements des dignitaires sont trop grands; ordinairement les cultivateurs sont trop opprimés; le paupérisme est une plaie ordinaire des nations de l'Europe; les constitutions de l'Europe sont très-imparfaites, et la pudicité des filles mineures est faiblement protégée.

Je conclus que le premier Bonaparte aurait pu remuer les masses en sa faveur, par les bienfaits et par de bonnes lois.

Je conclus qu'il s'est perdu en voulant les remuer et les épouvanter avec son épée.

Le 15 décembre, Napoléon accorde la paix aux deux empereurs vaincus; il cède le Hanovre à la Prusse; il dote Murat et Berthier; il se fait reconnaître roi d'Italie; il proclame Joseph roi de Naples; il marie le prince Eugène avec la fille du roi de Bavière; il crée deux royaumes et distribue à ses généraux une partie de l'Empire germanique.

Réflexion.

Tous les brillants établissements créés par notre premier Bonaparte n'ont rien de solide, parce qu'ils ont été fondés par l'épée séparée de la philosophie. Lorsque l'on ruine les hommes ou par les ravages de la guerre ou par les contributions, on se fait des ennemis éternels. Cyrus, Alexandre et Mahomet conservèrent facilement leurs conquêtes, parce qu'ils enrichirent les pays conquis, parce qu'ils protégèrent la pudicité des femmes.

Parallèle entre la fameuse victoire d'Arbelles et la fameuse victoire d'Austerlitz.

La fameuse victoire d'Arbelles fit du héros macédonien le maître de la terre, parce qu'après la victoire le héros macédonien se déclara, par ses œuvres et par ses actions le grand défenseur des peuples. Austerlitz n'a pas fait du héros français, le maître de l'Europe parce que le héros français ne s'est pas déclaré le grand défenseur des peuples. Le héros macédonien abolissait les impôts vexatoires; le héros français ruinait les pays conquis par ses contributions, il permettait aux soldats de séduire les filles et les épouses dans les pays conquis.

Que devait faire dans les pays conquis le héros de la France après la fameuse bataille d'Austerlitz?

Le héros macédonien est un parfait modèle. Après le sac de Tyr, le héros macédonien prend le chemin de Jérusalem, bien résolu de se servir de son épée, mais il attaque les Juifs avec la philosophie, il se fait précéder par ses confidents qui annoncent aux Juifs que le héros macédonien vient en ami. Sa philosophie réussit. Le pontife, les prêtres et les habitants sortent de la ville avec leurs musiciens pour recevoir Alexandre. Le héros macédonien se prosterne devant les emblêmes du Dieu des Juifs et il fait dans Jérusalem son entrée triomphale. Son premier devoir est d'offrir au Dieu des Juifs un pompeux sacrifice. Après avoir régi les affaires du pays, il fait publier dans Jérusalem qu'il a des choses d'une grande importance à communiquer. Le peuple étant réuni dans une grande place le lendemain, Alexandre monte sur une tribune et parle ainsi au peuple juif : « Enfants de Jacob quelle grâce avez-vous à me demander? » Les Juifs lui demandèrent la suppression d'un impôt et la protection de leur religion ce qui fut accordé. Alexandre remplit à Jérusalem les trois grands devoirs prescrits aux conquérants par les philosophes. Le héros de la France est digne d'admiration en religion, mais il n'a pas protégé la pudicité des femmes, et il n'a pas enrichi les pays conquis.

L'an 1806, une quatrième coalition se forme contre la France ; la Prusse, l'Autriche, la Suède, l'Angleterre et la Russie traitent secrètement. Le 14 octobre 1808, la monarchie prussienne est détruite à Iéna avec son armée.

« L'année 1805, dit un historien sophiste, s'appellera » longtemps dans nos fastes l'année d'Austerlitz ; l'année » 1806, celle d'Iéna ; l'année 1807 va recevoir le nom de » Friedland, et 1809 celui de Wagram. »

Réflexion.

Les brillantes victoires remportées en 1804, 1806, 1807 et 1809 n'ont pas procuré à la France des avantages solides, parce que l'épée a été séparée de la philosophie. Les victoires des Français ont toujours augmenté le nombre des ennemis de la France. Une guerre d'extermination est barbare et étrangère à notre civilisation; mais elle n'est pas impolitique comme une guerre qui ruine les pays conquis. Les hommes qui ne vivent plus ne font plus de mal; les hommes ruinés font des ennemis éternels.

Le système continental fut un acte impolitique, il va remuer le monde et le faire conspirer contre la France. Si notre premier Bonaparte eût entrepris de subjuguer les cœurs des peuples conquis par les bienfaits, il aurait triomphé de l'Europe, sans l'inonder du sang de ses frères. Cyrus, Alexandre et Mahomet, avec un petit nombre de victoires, ont fait de grandes conquêtes, et ils les ont conservées facilement.

Avant la fin de 1808; le projet d'envahir l'Espagne amène une cinquième coalition contre la France. L'an 1809, la fameuse bataille de Wagram rend encore une fois Napoleon maître de l'empire germanique; pour la troisième fois, l'Autriche implore la paix.

Réflexion.

Pourquoi cinq coalitions ont-elles été formées contre la France victorieuse? C'est parce que l'on avait ruiné les pays conquis, Cyrus, Alexandre, Omar conjurèrent les coalitions en enrichissant les pays conquis.

L'Empereur fait proclamer son divorce avec Joséphine; il épouse Marie-Louise d'Autriche, archiduchesse d'Autriche, le 1er août 1810. Par la valeur de ses lieutenants, il se rend maître de Saragosse; il donne à son fils le titre de roi de Rome; il déclare la guerre à la Russie; notre Empereur a pour alliées toute l'Allemagne, l'Italie, la Pologne et la Hollande; l'Empereur d'Autriche approuve la guerre que son gendre entreprend contre la Russie; le roi de Prusse, écrasé par Napoléon entre dans les projets de Napoléon tout puissant, dont les volontés étaient alors irrésistibles.

Réflexion.

Si notre grand Napoléon eût employé les bienfaits pour se faire des alliés, il aurait fait la conquête du monde. Notre Napoléon a échoué en attaquant la Russie, parce qu'il s'est servi de son épée pour se faire des alliés.

L'armée française remporte le 16 septembre 1812 la célèbre bataille de la Moskova. Cette fameuse victoire enleva à la France vingt mille héros et huit généraux. Sept jours après, l'armée arrive en présence de Moscou; Napoléon se rend au Kremlin, il traverse les flammes pour sortir de la ville, ses propositions de paix sont rejetées, et les Français se décident à une retraite désastreuse : les trois quarts des Français périssent par le froid et par la famine. Le 14 février 1813, Napoléon fait l'ouverture du Corps législatif; il déclare qu'il est allé attaquer l'Angleterre à Moscou. Il organise une nouvelle armée, il la conduit sur l'Elbe et sur l'Oder. La jonction des armées autrichiennes et prusso-russe a lieu le 13 août; la coalition contre la France est dirigée par Moreau; notre jeune armée a des succès mêlés de revers, l'armée ennemie augmente tous les jours par la défection des alliés des Français. Après la bataille de Leipsick, notre Empereur se voyant trahi de tous les côtés, prend le chemin de la France. Un décret du Sénat lui accorde trois cent mille conscrits; il confie le commandement de Paris à son frère Joseph. Toujours à la tête des armées, il remporte des victoires et il éprouve quelques revers. Le 3 avril 1814 un décret dn Sénat déclare Napoléon déchu du trône; le Sénat français appelle au trône Louis de Bourbon, frère de l'infortuné Louis XVI.

Réflexion.

Les Souverains de l'Europe ont ameuté les peuples contre notre premier Bonaparte. Le premier Bonaparte, détrôné par les peuples vaincus, est un évènement très-ordinaire. Cyrus et Alexandre ameutèrent les peuples conquis et opprimés contre leurs souverains en Asie; Mithridate ameuta les peuples de l'Asie vaincus par les Romains, et si ce roi célèbre ne fut pas le libérateur de l'Asie, il fit au moins de l'Asie le tombeau des Romains; Scipion ameuta contre Carthage les peuples conquis et opprimés, et Annibal et Carthage furent vaincus; dans le Mexique, qui est digne de notre sympathie, Cortez ameuta contre Mexico les peuples conquis et opprimés, et l'infortuné Montézuma perdit son trône et la vie.

Les philosophes enseignent qu'un conquérant a trois grands devoirs à remplir: le premier consiste à respecter les religions des peuples vaincus; notre premier Bonaparte a rempli parfaitement ce premier devoir.

Le second devoir d'un conquérant consiste a protéger la pudicité des femmes; notre Empereur a mal rempli ce devoir, il n'a pas réprimé avec assez de vigueur l'intempérance des Français envers les femmes étrangères; l'exemple de la continence que notre Empereur a donné à ses soldats ne le justifie point.

Le troisième devoir d'un conquérant consiste à enrichir les peuples vaincus; notre premier Bonaparte a mal rempli ce troisième devoir, il a fermé les yeux sur l'avidité, la licence des soldats, et la concussion de certains généraux.

Illusions de notre premier Bonaparte.

Notre premier Bonaparte croyait avoir rempli son devoir lorsqu'il avait moralisé les soldats, en disant que le violateur est un monstre. Notre premier Bonaparte croyait avoir fait son devoir en traitant lui-même les peuples vaincus avec générosité, en fermant les yeux sur les ·concussions de ses généraux. Notre premier Bonaparte croyait subjuguer les cœurs des peuples vaincus en leur donnant une belle constitution.

Notre grand Empereur s'est trompé assez souvent; il était responsable de tout le mal que faisaient ses généraux et ses soldats; et ses constitutions avantageuses n'enrichissaient point les familles ruinées par les ravages de la guerre.

Je conclus contre M. Thiers que le premier Bonaparte s'est perdu en attaquant l'Europe avec son épée.

Je conclus contre M. Thiers que le premier Bonaparte aurait triomphé s'il eût attaqué l'Europe plus avec la philosophie qu'avec l'épée.

Le 26 février 1815, Bonaparte s'embarque avec onze cents hommes à huit heures du soir; il arrive à Gap le 5, et le drapeau tricolore flotte de clocher en clocher jusqu'aux tours de Notre-Dame.

Nous voilà arrivés à l'histoire des cent jours.

L'histoire des cent jours renferme la plus grande leçon de l'histoire. Louis le Désiré ne veut être que roi des nobles et des prêtres. Napoléon-le-Grand se déclare l'Empereur de tous les Français: Le Bourbon sophiste fuit devant Napoléon-le-Grand comme une ombre légère devant l'astre du jour. La grande leçon que présente l'histoire des cent jours est péremptoire, elle apprend que tout chef politique doit remuer les masses en sa faveur, s'il veut parvenir à la vraie gloire et à une solide grandeur.

Que doit faire un chef politique guerrier ou pacifique pour remuer les masses en sa faveur? il doit respecter les religions de ses sujets; il doit protéger la pudicité; il doit enrichir tous ses sujets. Que doit faire un souverain pour enrichir tous ses sujets?

Louis-le-Désiré aurait contenté les Français en abolissant les droits réunis. Charles X aurait contenté les Français en abolissant les droits réunis. Louis Philippe aurait contenté les Français en abolissant les droits réunis.

Première Réflexion.

Quelles sont les causes de la marche triomphante de Bonaparte?

Bonaparte ne trouve point d'obstacle parce qu'il se déclare l'arborateur des grands principes de 1789, parce qu'il se déclare le roi de tous ses sujets.

Pourquoi est-ce que le vieux Bourbon est abandonné par la masse des populations?

C'est parce que le vieux sophiste veut ruiner le peuple pour enrichir les nobles et les prêtres et parce qu'il ne veut être que le roi des nobles et des prêtres.

Seconde Réflexion.

Si le triomphe de Bonaparte a été funeste à Napoléon, à la France et même à l'Europe, au moins il renferme pour tous les Souverains de l'Europe la plus grande instruction dans l'art de gouverner les hommes:

Un conquérant ou un souverain a trois grands devoirs à remplir, disent les philosophes. Un roi doit respecter les religions de ses sujets; un roi doit délivrer ses états du fléau de la prostitution; un roi doit être le père de tous ses sujets; il doit enrichir toutes les classes; il doit privilégier les cultivateurs; il doit rabattre les priviléges des nobles et des prêtres, ordinairement trop grands.

L'Empereur, vaincu à Waterloo, est relégué dans l'île de Sainte-Hélène, Quelles en sont les causes?

C'est parce que l'ex-empereur manque de partisans en Europe; c'est parce que le nombre de ses ennemis est trop grand en Europe; c'est parce que l'ex-empereur ne s'est pas assez appliqué à subjuguer les cœurs en Europe; c'est parce que l'ex-empereur n'a pas assez attaqué l'Europe avec la philosophie.

NAPOLÉON-TE-GRAND VAINCU A WATERLOO.

Parallele entre Pultava et Waterloo.

La déroute de Pultava a été un grand bonheur pour les Suédois parce que les Suédois ont su profiter de ce désastre. Pultava, en déterminant les Suédois à se renfermer dans leurs frontières naturelles, Pultava, en déterminant les Suédois à restituer les pays conquis sur leurs voisins, Pultava, en déterminant les Suédois à proclamer leur neutralité dans les guerres européennes a placé les Suédois dans une voie immense de progrès ; la Suède n'est plus ruinée et dépeuplée par des victoires extravagantes.

O Waterloo! tu as dévoré notre brillante jeunesse sans donner aucune sagesse aux Français. O Waterloo! O déplorable Waterloo! tu as englouti notre or et tu n'as pas comme Pultava guéri les Français de cette mauvaise maladie de se mêler des affaires des autres nations. O Waterloo! O déplorable Waterloo! tu es le tombeau de la prétendue gloire des Français et tu n'as pas déterminé les Français à allier la force matérielle à la force morale.

Que faut-il faire pour prévenir un second Trafalgar? Il faut des Anglais faire des amis de la France. Que faut-il faire pour prévenir un second Waterloo? Des Européens il en faut faire des amis de la France. Que faut-il faire pour préserver Paris de l'occupation des étrangers? Il ne faut plus se mêler des affaires des autres nations ; il faut s'attirer l'estime de l'Europe par la pratique de la justice et par les bienfaits.

O Pultava! O Pultava! tu as fait le bonheur des Suédois, parce que tu as été pour eux une école de sagesse.

O Waterloo! O Waterloo! tu as été un grand fléau pour la France ; parce que tu n'as inspiré aucune sagesse aux malheureux Français.

Je termine l'histoire critique de Napoléon-le-Grand par mon jugement sur ce fameux personnage.

Ce qui fait honneur à Napoléon-le-Grand, c'est sa grande affection pour sa famille. Il veut toujours partager sa haute fortune avec ses frères et sœurs, cette affection constante annonce un grand cœur. Napoléon-le-Grand, empereur de tous les Français, est plus juste et plus politique que les Bourbons et les souverains de l'Europe qui ne veulent être que rois des nobles et des prêtres. Il aime trop la guerre ; mais la régénération de l'Europe est le mobile de ses exploits. Il dote la France d'un code estimé en Europe. Législateur des Italiens, il délivre l'Italie d'un crime en punissant la castration par la peine capitale dans certains cas. Napoléon-le-Grand est plus grand par la science législative que par la science militaire. En religion il est digne d'admiration : il donne la liberté aux cultes plongés dans l'ilotisme ; avec son bras puissant il terrasse le fanatisme des prêtres ; il empêche les prêtres de se manger entr'eux ; il est le vrai bienfaiteur des prêtres.

Faiblesses de Napoléon-le-Grand.

Napoléon-le-Grand a la faiblesse de forger un concordat et il éprouve toutes les difficultés d'un concordat ; il n'est pas assez philosophe pour adopter la belle tolérance américaine. Napoléon-le-Grand a la faiblesse de se faire sacrer par le pape afin de rendre sa personne plus auguste en France; les vertus d'un souverain sont le grand rempart de Sa Majesté. Napoléon-le-Grand a la faiblesse d'être fabricant de nobles, et il a été trahi par les nobles. Louis XVI, Charles X, sacrés et entourés de nobles ont étonné le monde par leurs histoires tragiques. Napoléon-le-Grand a la faiblesse d'être fabricant de sires, et il est détrôné par le concours des sires qu'il avait fabriqués; égaré par les flatteurs, l'ex-empereur a la grande faiblesse de vouloir tout faire. Depuis Noé jusqu'à nos jours, un homme qui a pu tout faire n'a jamais existé.

Haute question philosophique.

Napoléon-le-Grand a voulu s'emparer de l'Espagne pour la régénérer; cet homme extraordinaire était-il capable de régénérer un peuple? Je réponds très-négativement. Pour régénérer un peuple, il faut le délivrer du fléau du despotisme; pour régénérer un peuple, il faut le délivrer du fléau de la domination des prêtres; pour régénérer un peuple, il faut le délivrer du fléau de la domination des nobles; pour régénérer un peuple, il faut le délivrer du fléau de la domination des courtisanes.

L'ex-empereur était très-capable de délivrer les peuples du fléau de la domination des nobles et des prêtres, et très-incapable de délivrer les peuples du fléau du despotisme, du fléau des courtisanes et de la peste vénérienne.

Napoléon-le-Grand à Saint-Hélène.

Le *Mémorial* de Sainte-Hélène est rempli de portraits et d'anecdotes très-propres à intéresser les lecteurs, mais l'ex-empereur n'a jamais connu les causes de sa décadence. Il s'est mis l'esprit à la torture pour justifier sa politique et faire croire qu'il doit ses malheurs aux trahisons.

Erreur monstrueuse de Napoléon-le-Grand. Ce grand génie a dit en plein Sénat, à Paris et à Sainte-Hélène, qu'il était allé en Russie pour attaquer l'Angleterre; il n'était pas possible d'avoir une idée plus fausse; l'ex-empereur pouvait attaquer les Anglais en Egypte; en se déclarant le grand défenseur des peuples. L'ex-empereur pouvait attaquer les Anglais en Italie en se déclarant le grand défenseur des peuples. L'ex-empereur pouvait, surtout en Allemagne, attaquer les Anglais en se déclarant le grand défenseur des peuples.

RÉPONSES

AUX OBJECTIONS FAITES PAR MES LECTEURS.

Première objection.

Plusieurs de mes lecteurs ne comprennent pas mon épigraphe: « l'épée séparée de la philosophie ne fait rien de bon.» Cette sentence apprend que le vainqueur compromet sa nation s'il manque de générosité envers les peuples vaincus. Carthage doit sa mort aux peuples vaincus parce qu'elle avait coutume d'exploiter les pays conquis.

« La philosophie séparée de l'épée fait la grandeur des « nations. »Cette sentence apprend que les victoires ne sont nécessaires ni à la grandeur des peuples, ni à la grandeur des nations; la Chine doit sa grandeur à ses lois philosophiques qui enrichissent les pays annexés. L'union américaine doit sa grandeur à son code protecteur des peuples qui veulent appartenir à la fameuse république. Le premier Léopold a rendu la Belgique riche, florissante, forte et libre en augmentant les richesses de ses sujets et en multipliant en Europe les amis des Belges, l'admirable Numa Pompilius fit la grandeur de Rome en augmentant les amis des Romains.

« La philosophie mariée avec l'épée donne l'empire du « monde» cette sentence apprend que le vainqueur doit-être le bienfaiteur des vaincus, s'il veut parvenir à une solide grandeur. La fameuse victoire d'Arbelles fit d'Alexandre le maître de la terre parce qu'il se déclara le grand défenseur des peuples. L'épée de Frédéric-le-Grand était marié avec la philosophie lorsqu'il traitait ses prisonniers de guerre plus favorablement que ses propres soldats et lorsqu'il ménageait les provinces conquises plus que les provinces de la métropole.

Seconde objection.

Plusieurs de mes lecteurs sont choqués de ce que je reproche à M. Thiers une erreur monstrueuse en donnant au jeune Bonaparte le titre de vainqueur de l'Italie; les philosophes expliquent qu'un vrai vainqueur doit subjuguer les provinces et les cœurs. Alexandre-le-Grand, Cyrus, Mahomet, Omar, Frédéric-le-Grand méritent le titre de vainqueurs parce qu'ils subjuguèrent les provinces et les cœurs. M. Thiers aurait bien fait d'écrire que le jeune Bonaparte était le vainqueur de l'Italie dans un sens purement matériel.

Il est certain et très certain que le général Bonaparte a augmenté les ennemis de la France en subjuguant l'Italie.

Troisième objection.

Mes lecteurs ne veulent pas croire que le soleil tout seul peut détruire une armée française à Saint-Domingue; ils s'obtinent à attribuer l'extermination de notre armée à des miasmes endémiques et à des imprudences, j'explique aux Français et aux Européens que le soleil tout seul de

Saint-Domingue est capable de détruire toute armée européenne, j'enseigne que le soleil suffit pour détruire une armée anglaise sans le secours des miasmes dans les Indes orientales.

Un mot, en passant, sur l'Amérique.

J'enseigne que les Européens sont incapables de supporter les fatigues de la guerre dans les neuf dixièmes de l'Amérique, tous les Espagnols qui s'établirent dans le nouveau monde à l'époque de leurs conquêtes perdirent leur santé et tombèrent dans une grande langueur, l'Inde fut le tombeau des Portugais qui s'y établirent; un historien enseigne que toutes les fois que la France a perdu dix mille hommes dans l'Algérie, neuf mille sont morts des maladies.

Les Français ne veulent pas croire que le froid de la Russie soit capable de détruire une armée française, ils sont dans l'erreur; un soldat français qui dort dans la neige a quelque membre gelé en se réveillant, ces dangers n'existe pas pour les Russes. J'ai interrogé des prisonniers russes sur leur froid rigoureux, ils m'ont répondu que leur froid ne les inquiétait aucunement, je corrobore ce que j'enseigne par les paroles d'un soldat. Un soldat me tient ces paroles dans le wagon. « Monsieur je suis natif de la « Guadeloupe, je fais mon service de militaire à Saint-Etienne. » Je lui dis pouvez-vous supporter le froid du pays? « Il s'en faut bien, mon colonel m'a toujours exempté « de mon service en hiver, je reste tout ce temps dans mon lit pour ne pas tant souffrir : »

Réflexion.

La nature a donné à l'homme un corps capable de supporter tous les climats: mais il faut être né dans un climat pour s'en accommoder. Ainsi un Anglais âgé de vingt ans qui sort de Londres pour aller à Délhi perdra le quart de sa course pour le moins, mais l'Anglais qui a été conçu à Londres et qui prend naissance à Délhi n'abrégera point sa vie. Le créole de la Guadeloupe est incapable de supporter le froid de la France; de même un Français serait incapable de supporter le soleil de la Guadeloupe.

Je corrobore ce que j'enseigne par des exemples fournis par la France, je lis dans les journaux que des évêques qui ont reçu le jour dans l'ouest ou le nord de la France sont incommodés à Montpellier à Marseille par la chaleur du mois de juin, de juillet et d'août.

Je cite un exemple plus étonnant et plus incroyable. Entre le Puy-de-Dôme et Clermont-Ferrand, il y a une forte lieue et cette distance établit une différence dans les climats ; les cultivateurs du voisinage de cette montagne ne peuvent pas supporter les travaux des champs dans les environs de Clermont dans le mois de juin. Les cultivateurs descendus dans la Limagne remontent dans leurs montagnes dans le mois de juin, de juillet et d'août pour éviter des maladies.

Je cite ce qui est arrivé à moi-même : dans le mois de juillet, je fais un séjour à Montpellier ; la chaleur me rend malade, m'enlève mes forces et m'empêche de manger ; et cependant je vois la jeunesse danser; je vois les femmes de la campagne, âgées de soixante ans, porter les provisions au marché, sans paraître fatiguées ; ce que j'ai vu me porte à conclure que l'homme supporte tous les climats dans lesquels il a reçu le jour.

Je cite encore un autre exemple pour corroborer ce que j'enseigne ; en revenant de Montpellier, je passe à Alais un soldat me parle ainsi : « Monsieur, nous sommes tous

« Alsaciens et la chaleur nous a rendus tous malades, quel-
« ques uns même ont succombé. »

Nous sommes forcés de conclure que les hommes ne peuvent guère changer de climat sans s'exposer à des maladies. Les Anglais aujourd'hui ont entrepris en Afrique une guerre désastreuse, cette expédition est au dessus des forces physiques des Anglais; les philosophes de l'Angleterre condamnent le système colonial trop vaste de la grande Bretagne, parce que les colonies sont des tombeaux pour les soldats nés dans la métropole.

Quatrième objection.

En disant que les auteurs de la machine infernale et de la conspiration Pichegru étaient lettrés, et très-loin d'être vertueux, je me suis attiré de grands reproches d'être ou rétrograde, ou le grand ennemi de l'instruction qui préoccupe fortement l'Europe de nos jours et qui attend vainement une grande amélioration de la généralisation de l'instruction.

Les annales du monde à la main, j'enseigne à l'Europe que la littérature ne rend pas les hommes vertueux. Quelques années avant notre glorieuse révolution, les nobles polonais ont favorisé le partage de la Pologne, et, sous les drapeaux de Catherine ont combattu contre la Pologne. En 89, les nobles français ont combattu contre la France sous les drapeaux sde étrangers! Moreau, Bernadote, Murat ont combattu contre la France. Enfin, Napoléon-le-Grand a été trahi plus par des hommes lettrés que par des hommes qui ne savaient pas lire. Voltaire a été un homme immoral, le citoyen de Genève a été moins moral que les Suisses qui ne savent pas lire. Jean Jacques a enseigné la loi naturelle; mais il l'a mal pratiquée; à Clermont-Ferrand, vingt familles sur cent sont ruinées par le crime de l'adultère, dans les villages, le crime de l'adultère ruine une famille sur quatre cents, il est certain et très-certain que la corruption est autrement plus grande dans les villes que dans les villages.

Contre l'Europe, contre un vil troupeau de sophistes, j'enseigne que la généralisation de l'instruction menace le monde d'un cataclisme en détournant les garçons et les filles de toutes les professions manuelles.

Contre une armée de sophistes abominables, je déclare que les hommes nés pour être pâtres, journaliers, cureurs d'égouts, ouvriers terrassiers reçoivent dans les temples toute la civilisation dont ils ont besoin.

Cinquième objection.

Je répète souvent, dans tous mes écrits, qu'un conquérant philosophe doit enrichir les pays conquis, s'il veut consolider ses conquêtes. Mes lecteurs m'ont représenté que je demande une pratique chimérique et moralement impossible.

Je réfute mes lecteurs par des faits historiques réels, brillants, éclatants et dignes de servir de modèle, à tous les conquérants.

Les anciens Romains depuis Romulus jusqu'à Sylla remplirent assez bien les trois grands devoirs prescrits par les philosophes. Ils respectèrent les religions, ils protégèrent la pudicité des femmes et ils diminuèrent souvent les impots dans les pays conquis. Cyrus-le-Grand et Alèxandre-le-Grand s'appliquèrent sérieusement à enrichir les pays conquis ou annexés. Scipion, vainqueur d'Annibal, ne pensa en Espagne qu'à supprimer les impôts vexatoires imposés par l'avarice des Carthaginois. Mahomet et Omar ont été les libérateurs des chrétiens en abolissant les impôts qui les accablaient. Le terrible Mahomet II fut le Louis XII des Grecs en diminuant les impôts de plus de moitié, dans ces derniers temps Frédéric-le-Grand, créateur de la Prusse enrichissait les pays conquis.

Conclusion.

Les philosophes ont enseigné qu'un conquérant a trois grands devoirs à remplir dans les pays conquis et l'histoire du monde apprend que les conquérants ont péri par les victoires et les conquêtes lorsqu'ils n'ont pas rempli les trois grands devoirs.

Je corrobore les doctrines des philosophes par un fait historique dont nous sommes témoins. Le czar Nicolas n'a pas respecté la religion des Polonais, cette grosse faute et ce grand crime ont ébranlé le colosse du Nord jusque dans ses fondements.

La fière et fanatique Albion a mérité d'être dégradée par l'oppression des catholiques et de quelques autres dissidents, et la grandeur actuelle de la célèbre Albion est un fait vraiment providentiel. Louis XIV doit sa décadence à son intolérance ; ce roi fier et fanatique a eu moins de chance que l'Angleterre.

Réflexion.

Je suis persuadé que tous les gouvernements de l'Europe de nos jours s'exposent à des crimes et à des fautes en se mêlant trop des religions. Sa Sainteté Pie IX n'a pas le droit de commander une armée parce qu'il est étranger à l'art de la guerre : un souverain de l'Europe n'a pas le droit de protéger la religion parce qu'il est étranger à la théologie.

Je conclus que la belle tolérance américaine est un parfait modèle et un grandissime progrès.

Je conclus que cette belle tolérance ramène le christianisme à la doctrine du Christ.

Je conclus que la sage tolérance américaine favorise les intérêts de la religion et les intérêts de la politique dans un trés-haut degré.

Sixième objection.

L'on m'a reproché vivement de ne pas rendre justice à l'ex-empereur, et l'on m'a affirmé que Napoléon-le-Grand se déclarait défenseur des peuples dans les pays conquis. Je réponds que l'ex-empereur n'a pas su être défenseur des peuples. Pour être le défenseur des peuples un conquérant a trois grands devoirs à remplir, il doit respecter les religions des peuples vaincus, il doit protéger la pudicité des femmes; il doit enrichir les pays conquis. Sur ces trois grands devoirs Napoléon-le-Grand est digne d'admiration en matière de religion. Il sortait tout culte de l'ilotisme dans les pays conquis; mais il a mal protégé la pudicité des femmes contre l'intempérance de ses soldats, et il a ruiné les pays conquis par les désastres de la guerre ou par les contributions.

Je conclus que Napoléon-le-Grand n'a pas su être le défenseur des peuples.

Je conclus que Napoléon-le-Grand a fait une grande faute en ne punissant pas les généraux coupables de concussion dans les pays conquis.

Paroles de S. M. Napoléon III.

« Deux gouvernements remplissent bien leur mission
» providentielle ; ce sont les deux colosses qui sont au
» bout du monde, l'un à l'extrémité du Nouveau, l'autre à
» l'extrémité de l'Ancien. »

Parallèle entre la grandeur de la Russie et la grandeur de l'Union américaine.

La Russie est parvenue à une grandeur effrayante parce que tous les czars et les czarines, depuis Pierre-le-Grand, se sont déclarés les défenseurs des cultivateurs, les czars empereurs de tous les Russes, faisant opposition aux rois européens qui ne veulent être que rois des prêtres et des nobles. Un czar remue les masses en sa faveur et vingt troupeaux de nations se pressent autour du trône du second Alexandre. Pour subjuguer les cœurs de vingt nations de mœurs, de religions et de souches différentes, il faut posséder une forte somme de philosophie.

L'Union américaine est parvenue à une grandeur qui étonne, parceque le Corps législatif et le Sénat se sont déclarés les défenseurs des cultivateurs, faisant opposition aux badauds de l'Europe qui oppriment le pleuple pour enrichir les nobles, les prêtres et quelques dignitaires.

Les causes de la grandeur de l'Union sont les mêmes dans le fond que celles de l'Amérique, elles diffèrent par la forme. Un seul homme en Russie soutient la grandeur de l'empire en se déclarant le défenseur des peuples. Dans l'Union, le gouvernement soutient la grandeur de la république en se déclarant le défenseur des peuples. Le gouvernement américain remue les masses en sa faveur ce qui fait sa force et sa gloire. L'Union américaine a fondé avec succès sa grandeur par la force morale. Cette fameuse république donne à l'Europe un grand exemple de civilisation.

Parallèle entre le calif Omar et Charlemagne.

Un siécle sépare ces deux illustres conquérants. Le calif Omar fut le héros du septième siècle, et notre Charlemagne fut le héros du huitième.

Le calif Omar pour faire des conquètes employa la philosophie plus que l'épée. Il se déclara le libérateur des peuples, il créa un grand empire facilement et ses successeurs le conservèrent plus facilement.

Notre Charlemagne se servit de son épée pour faire ses conquêtes. Il remporta un grand nombre de victoires, il ruina les pays conquis pour enrichir les prêtres, les églises et ses compagnons d'armes. Cinquante-trois expéditions militaires furent nécessaires pour faire ses conquêtes, et l'empire de notre Charlemagne fondé sur la violence ne put pas lui survivre.

Réflexion.

L'histoire du monde apprend que la force morale et la force matérielle doivent marcher ensemble pour parvenir a la vraie gloire et à une grandeur solide. L'histoire du monde apprend que pour conserver les conquêtes, il faut subjuguer les cœurs des peuples conquis.

Pour inspirer du patriotisme envers les vainqueurs il faut remplir trois grands devoirs; il faut respecter les religions, il faut protéger la pudicité des femmes, il faut enrichir les pays conquis.

Napoléon-le-Grand est admirable en religion; mais il n'a pas protégé assez la pudicité des femmes et il n'a pas enrichi les pays conquis. Cyrus, Alexandre, les Romains, Omar, ont rempli les trois grands devoirs prescrits, par les philosophes dans les pays conquis.

Dernière conclusion.

L'épée séparée de la philosophie ne fait rien de bon.

Tout ce qui est séparée de la philosophie est stérile.

Les nations vivent par leurs philosophes.

Après avoir parlé des fautes de Napoléon-le-Grand, il convient de faire mention des fautes de la nation française. La masse des Français en 1814 a salué une restauration avec enthousiasme. La nation française a commis un contre-sens aussi complet que déplorable. La Restauration était un retour à l'ancien régime, lorsque les Français avaient inondé de sang toute l'Europe pour renverser ce régime abominable. La dynastie des Bourbons est incapable et indigne de gouverner la France.

Situation politique de Louis XVIII.

Louis-le-Désiré placé sur le trône brillant de la France par la coalition européenne avait quatre partis puissants à contenter. Ce roi avait à contenter un clergé ambitieux, une noblesse remplie de prétentions extravagantes; les anciens soldats de l'Empire qui avaient exposé leurs vies pour défendre les intérêts de la France et les cultivateurs.

Grosse faute de Louis XVIII.

Louis-le-Désiré n'a voulu être que roi des nobles et des prêtres. Quels sont les funestes résultats de la politique du roi Bourbon?

Ce roi sophiste n'a contenté ni les prêtres ni les nobles, et a irrité les soldats et les cultivateurs, les deux partis les plus puissants de son royaume.

Quelle était la ressource de Louis XVIII?

Je ne vois qu'une ressource, il ne devait rien faire sans le concours des représentants de la France. L'Angleterre peut servir de modèle. Les rois de nos jours ne peuvent rien faire sans le contrôle du parlement, et la Constitution anglaise préserve les rois anglais des persécutions qui accablent et qui compromettent les autres rois de l'Europe.

Haute question politique.

La situation de Louis-le-Désiré, est-elle une exception en Europe?

Je réponds négativement. Les rois de l'Europe sont souvent dans cette position. Les prêtres qui ont parlé à nôtre Napoléon ont demandé l'augmentation de leurs traitements, les magistrats, les militaires ont fait la même demande. Notre empereur se compromet en contentant les ambitieux parce ce que les impôts ne sont pas étrangers à la répudiation des Bourbons.

Faute colossale du roi d'Italie.

Tous les Italiens qui ont l'honneur de parler à sa Majesté, lui demandent ou des emplois ou l'augmentation des traitements. Le faible roi pour contenter les têtes ambitieuses a augmenté les impôts, ce qui est un acte impolitique. Victor-Emmanuel aurait évité des fautes en donnant aux représentants de la nation le droit de régler les honoraires des fonctionnaires publics.

Je conclus que la situation de Louis XVIII est fréquente en Europe.

AVIS AUX LECTEURS.

Je donne à mon opuscule le titre d'examen philosophique, parce que toute mes conclusions ont été prises dans les doctrines des philosophes.

Définition d'un historien philosophe :

Un historien philosophe donne raison des grands faits historiques, tandis que l'historien vulgaire est seulement narrateur des faits de l'histoire. Les historiens philosophes sont les flambeaux du monde, les professeurs des souverains, des législateurs et du genre humain.

J'enseigne dans mon opuscule qu'un corps législatif mal composé a été une grande cause de la décadence des Romains; j'enseigne que les dictateurs Sylla, Marius, Pompée et César ont été une grande cause de la décadence des Romains en altérant les lois de Rome; j'enseigne que les corps législatifs mal composés sont la grande cause des maux de l'Europe de nos jours.

Les nations vivent par leurs grands législateurs.

Les nations périssent par leurs faibles législateurs.

J'enseigne que la fausse éducation des empereurs a été une grande cause de la décadence des Romains; j'enseigne que la fausse éducation des souverains est une cause des maux de l'Europe de nos jours.

Un roi doit être économiste, politique, philosophe, législateur et grand défenseur des cultivateurs. Un prêtre de mérite est incapable d'élever un souverain; un philosophe seul est capable de faire l'éducation des têtes couronnées.

Un philosophe enseignera à un jeune prince qu'un roi est fait pour les nobles, pour les prêtres, pour les militaires, les cultivateurs; mais un philosophe enseignera qu'un roi est spécialement fait pour le menu peuple, et qu'un grand roi doit faire ses efforts pour élever les prolétaires à la dignité de propriétaires. Un philosophe enseignera à un jeune prince qu'un conquérant a trois grands devoirs à remplir. Le premier de ces devoirs consiste à respecter la religion des vaincus; le second devoir consiste à protéger la pudicité des femmes; le troisième devoir consiste à enrichir les pays conquis.

Le czar Nicolas a violé un grand devoir en ne respectant pas la religion des Polonais. Tout l'univers sait que le grand crime et la grande faute de l'empereur Nicolas ont ébranlé la Russie jusque dans ses fondements. Le grand fléau qui vient de frapper la Russie et d'étonner le monde doit être une leçon pour les législateurs et les souverains de l'univers.

J'exhorte de toutes mes forces notre Napoléon à remarquer que Rome était en progrès lorsqu'elle pratiquait les trois grands devoirs prescrits par les philosophes, et que Rome déclinait lorsqu'elle ne remplissait pas les trois grands devoirs imposès aux conquérants par les philosophes.

Chefs politiques de l'Europe, déclarez-vous les protecteurs des philosophes, puisque les nations vivent par leurs philosophes, et puisque les philosophes enseignent aux rois les moyens de parvenir à la vraie gloire et à une solide grandeur.

Chefs politiques de l'Europe! soyez persuadés que la grandeur de Rome a sa source éloignée dane la philosophie de Chiron, précepteur d'Énée.

Chefs politiques de l'Europe! soyez persuadés que la philosophie d'Aristote a fait la grandeur d'Alexandre-le-Grand.

Chefs politiques législateurs! soyez persuadés que tout ce qui est séparé de la philosophie se trouve frappé de stérilité.

EXAMEN PHILOSOPHIQUE

DES

CAUSES DE LA GRANDEUR

ET DE LA

DÉCADENCE DES ROMAINS

Romulus, premier roi de Rome, a fondé une colonie florissante, parce qu'il a été un grand législateur. Moïse a fondé dans la Palestine une colonie florissante, parce qu'il a été un grand législateur. Les Godefroy, les Baudoin, les Lusignan ont fondé dans la Palestine des fantômes de colonies, parce qu'ils ont été des fantômes de législateurs. Les Français n'ont pas fondé des colonies florissantes en Orient, en Italie, à Saint-Domingue, à Madagascar, parce qu'ils ont toujours été de faibles législateurs.

RÉFLEXION.

Le repos et l'oisiveté étaient regardés comme de grands ennemis par Romulus. En occupant la jeunesse aux travaux des champs, en l'exerçant sur le champ-de-Mars, en proscrivant les filles publiques, il augmenta la force du corps chez les Romains, et cette force de corps surhumaine a été certainement une des causes de la grandeur des Romains.

Les Français et les Européens de nos jours commettent une faute colossale en négligeant l'éducation du corps chez les deux sexes. Toute nation peut périr par le crétinisme.

J'exhorte notre Napoléon, dont le cœur bat si fortement pour la France, à se persuader que la force herculéenne a été une grande cause de la grandeur des Romains.

J'exhorte notre empereur à se persuader que la France périra par le crétinisme, si la dégénération physique n'est pas arrêtée par une savante éducation du corps.

AVIS A MES LECTEURS.

Mon ouvrage n'est pas une histoire romaine, c'est un supplément à tous les écrivains qui ont écrit l'histoire des Romains. Je ne parle point de toutes les causes de la grandeur des Romains et de leur décadence, je signale seulement les causes que les nombreux historiens n'ont pas connues. Bossuet, Montesquieu, l'abbé de Mably, notre Napoléon ont enseigné des vérités très-importantes sur les causes de la grandeur et de la décadence des Romains; mais ces immortels historiens ont connu très-imparfaitement les causes de la grandeur de la race du grand Romulus, et l'histoire des Romains, bien connue, est la plus vaste école de l'univers pour les chefs politiques et les législateurs.

Règne de Numa Pompilius.

L'admirable Numa, second roi de Rome, en donnant des leçons de haute philosophie, préserva tous les peuples de l'Italie du grand fléau de la guerre. Ce roi admirable fut le civilisateur des Italiens et des Romains demi-barbares. Ce roi admirable inspira aux Romains les grandes vertus que nous admirons. Ce roi admirable, grand défenseur de l'humanité, institua un jury dont la mission était de prononcer sur le droit de la guerre. La mort de ce roi admirable jeta le deuil chez tous les peuples de l'Italie.

L'admirable Numa Pompilius enseigna aux Romains qu'un conquérant avait trois grands devoirs à remplir dans les pays conquis; il persuada aux Romains qu'il fallait subjuguer les cœurs des vaincus en respectant les religions, en protégeant la pudicité des femmes et en les enrichissant.

Je conclus que les Romains ont fait la conquête de l'Italie par leurs vertus plus que par leurs armes.

Je conclus que la grandeur des Romains est l'œuvre de l'admirable Numa Pompilius.

Je conclus que la force morale créée par Numa a été le grand palladium de la ville de Romulus.

Tullus Hostilius fut le troisième roi de Rome; Ancus fut le quatrième. Ces deux rois illustres firent des conquêtes solides, parce qu'ils attaquèrent leurs ennemis plus avec la philosophie qu'avec l'épée; redoutables sur les champs de bataille, ils traitèrent les peuples vaincus avec une grande générosité.

Je conclus que la force matérielle et la force morale doivent marcher ensemble pour conduire à la gloire et à la grandeur.

RÉFLEXION.

Pour les sophistes de la France et de l'Europe, les progrès de la petite Rome sont un mystère, parce qu'ils ne comprennent pas la toute-puissance de la force morale.

La grandeur de la Prusse est pour les sophistes un autre mystère. Frédéric-le-Grand, entouré d'ennemis puissants, a fait la grandeur de la Prusse, parce qu'il a rempli les trois grands devoirs prescrits par les philosophes, parce qu'il a respecté les religions de ses sujets, parce qu'il a protégé la pudicité des femmes, et parce qu'il a enrichi les pays conquis. Tullus Hostilius et Ancus augmentèrent la puissance de Rome, parce qu'ils remplirent les trois grands devoirs prescrits par Numa Pompilius aux conquérants.

Tarquin-l'Ancien, cinquième roi de Rome, pour consolider sa puissance et augmenter le nombre de ses partisans, éleva cent plébéiens à la dignité de sénateurs. Ce roi subjugua des provinces et gagna les cœurs des peuples vaincus en les traitant avec une grande générosité. Ce roi illustre dans la guerre et dans la paix fut assassiné dans son palais par les fils d'Ancus Martius, après un règne de trente-six ans.

Servius Tullius, fils d'une esclave et gendre de Tarquin-l'Ancien, s'empara du trône. Ce prince fut grand administrateur et grand homme de guerre; il régna glorieusement pendant quarante-quatre ans. Fidèle observateur de la philosophie de Numa, il traita les peuples vaincus avec une grande générosité, et il fut assassiné par son gendre Tarquin-le-Superbe.

RÉFLEXION.

Tarquin-l'Ancien, Servius et leurs prédécesseurs ont fait des conquêtes sans éprouver les soulèvements qui ruinaient et dépeuplaient alors les républiques de Sparte et d'Athènes.

Voilà la philosophie de l'histoire: quelles sont les causes des soulèvements contre Athènes et Sparte, et quelles sont les causes de la sympathie des peuples vaincus pour la ville du grand Romulus?

J'enseigne que l'oppression des pays conquis fut la vraie cause des soulèvements contre Sparte et Athènes; j'enseigne que la modération fut la vraie cause de la sympathie des peuples vaincus pour la ville du grand Romulus; j'enseigne que l'oppression des pays conquis a été une grande cause de la décadence de la Macédoine et de la Grèce entière; j'enseigne que la douceur des Romains pour les peuples vaincus a été une grande cause de la grandeur des Romains; j'enseigne que la générosité de Frédéric-le-Grand envers les peuples vaincus est la grande cause de la grandeur de la Prusse.

Règne de Tarquin-le-Superbe.

Tarquin-le-Superbe, septième roi de Rome, monta sur le trône par le plus grand des crimes; il épouvanta les Romains par son despotisme, par les confiscations et les supplices. Ce prince, général habile, fit la guerre avec succès. Fidèle observateur de la philosophie de Numa, il traita les peuples vaincus avec une admirable douceur, et le crime de son fils Sextus le précipita du trône.

RÉFLEXION.

Lorsque Sparte florissait, Rome grandissait; mais à Sparte on ne voyait pas les crimes qui épouvantaient les Romains. Quelles sont les causes des crimes de Rome, et quelles sont les causes des vertus de Sparte?

Je conclus que la forte constitution de Sparte a préservé cette ville des grands crimes qui ont rempli de deuil la ville du grand Romulus.

Je conclus que les lois imparfaites de Rome ont été les vraies causes des grands crimes de Tarquin, de Tullie et de Sextus.

Je conclus que les hommes sont ce que les lois pénales, sages et sévères, les font.

Je conclus que les lois pénales de la Chine, sages et terribles, rendent les hommes vertueux en triomphant de leurs passions.

Je conclus que les lois pénales de l'Europe de nos jours, douces, faibles et populaires, rendent les hommes criminels, parce qu'elles ne répriment pas suffisamment leurs passions.

Je conclus que les lois pénales sont le moyen principal pour rendre les hommes vertueux.

Je conclus que ceux qui veulent rendre les hommes vertueux en les lettrant sont des sophistes dangereux.

Je conclus que les partisans de la généralisation de l'instruction sont réfutés d'une manière péremptoire par les grands crimes de Tarquin, de Tullie, de Sextus et des patriciens qui conspirèrent contre l'illustre Servius Tullius.

Les partisans d'une grande propagation de l'instruction sont réfutés par les crimes des décemvirs, de Sylla, de Marius, de Pompée, de César et des triumvirs.

Les sophistes partisans d'une instruction générale sont réfutés par les crimes des nobles polonais qui ont favorisé le démembrement de la Pologne.

Ces sophistes sont réfutés par les crimes des nobles français qui, en 89, ont combattu contre leur patrie. Ces indignes sophistes sont réfutés par les auteurs de la machine infernale dirigée contre Napoléon Ier. Ces sophistes sont réfutés par les crimes des Français lettrés qui ont trahi Napoléon-le-Grand.

Etablissement d'un Gouvernement républicain à Rome.

L'an 244 de Rome, les patriotes donnèrent à Brutus et Collatinus le souverain pouvoir. Les consuls ou les dictateurs combattirent contre les Tarquins pendant quatorze ans.

RÉFLEXION.

Les patriotes romains firent une grande faute, lorsqu'ils renversèrent les tyrans sans renverser les causes de la tyrannie. Les Romains n'eurent jamais la pensée d'augmenter l'empire des lois pour leur servir de rempart contre les abus du pouvoir.

Les Anglais, en terrassant le despotisme de leurs Stuarts, ont réussi à détruire les causes du despotisme? Les Anglais ont fait peu de chose en apparence et beaucoup en réalité: ils ont augmenté l'empire des lois, tout en conservant de grandes prérogatives aux chefs politiques.

Les grands philosophes enseignent aux peuples qu'ils doivent toujours et toujours augmenter l'empire des lois pour conserver ou acquérir le souverain bienfait de la liberté. Les grands philosophes enseignent que les hommes sont nés pour être esclaves des lois, et qu'ils sont libres lorsqu'ils ne dépendent que des lois. Les grands philosophes enseignent que les hommes non esclaves des lois peuvent devenir des monstres. Les grands philosophes enseignent qu'un code savant, bienfaisant et sévère est la grande source de la félicité des souverains, des prêtres, des nobles et des plébéiens.

Consulat d'Appius et de Servilius.

Le peuple romain, accablé de dettes et horriblement maltraité par ses créanciers, fut sur le point de se révolter.

RÉFLEXION.

Je suis persuadé que les lois de l'ancienne Rome étaient cruelles envers les débiteurs, et je suis persuadé que les lois de l'Europe de nos jours sont cruelles envers les créanciers. J'exhorte notre corps législatif à se persuader que la sagesse consiste dans un juste milieu. J'exhorte nos législateurs à se persuader qu'ils sont les pères des créanciers et des débiteurs.

Le consulat d'Appius et de Servilius nous amène à une fameuse question politique et sociale qui préoccupe l'Europe de nos jours avec raison. Quelle est cette fameuse question? C'est le paupérisme. Les sages de nos jours enseignent que le paupérisme menace l'Europe d'un cataclysme; que le paupérisme place l'Europe sur un volcan; que le paupérisme doit faire craindre les calamités les plus grandes.

Le gouvernement de la Chine sur la question du paupérisme est un parfait modèle. Les lois philosophiques de la Chine forcent au travail les hommes et les femmes jusqu'à périr sous le bâton. Les lois du Céleste-Empire forcent les aveugles à un travail. Lorsqu'un aveugle est pauvre, on lui apprend à tourner une roue, il reçoit un secours de la caisse nationale de bienfaisance, et il peut se marier comme les autres Chinois. Les mêmes lois de la Chine forcent à un travail les manchots; lorsqu'un manchot est pauvre, on le fait gardien d'une porte, il reçoit un secours de la caisse de bienfaisance, et il a le droit d'entrer dans le mariage.

Aujourd'hui l'aumône est prêchée dans un sens fanatique par tous les prêtres de l'Europe. Le pauvre valide n'a aucun droit à l'aumône. Les lois de la Chine forcent au travail les pauvres valides jusqu'à périr sous le bâton, et je suis persuadé que ces lois sont la sagesse écrite. J'exhorte de toutes mes forces tous les souverains de l'univers à faire entrer du pain chez les ouvriers ruinés par le grand nombre d'enfants, par le manque d'ouvrage et par les maladies, et j'exhorte aussi tous les souverains de l'univers à faire entrer le bourreau chez les ouvriers ruinés par le crime de l'adultère.

L'an de Rome 262, le peuple demanda la création de deux magistrats chargés de défendre leurs intérêts. Ces magistrats furent nommés tribuns du peuple. Cette sage institution épargna à la puissance romaine le grand fléau des guerres civiles, en réprimant les prétentions extravagantes des patriciens.

RÉFLEXION.

Un célèbre sophiste de nos jours a réclamé des tribune pour soutenir les intérêts des ouvriers en France. Sa réclamation ne repose sur aucun fondement, parce que les ouvriers n'ont jamais été opprimés en France.

Je conclus que l'institution des tribuns accordés aux plébéiens fait honneur au Sénat de Rome.

Je conclus contre le sophiste Proudhon que les ouvriers n'ont aucun besoin d'un tribun pour soutenir leurs intérêts, parce qu'ils n'ont jamais été opprimés en France.

Je conclus que les cultivateurs sont en droit de réclamer des tribuns, parce qu'ils ont été accablés dans tous les temps et dans tous les pays.

Grand Crime de Coriolan.

Le superbe Coriolan affecte un grand mépris pour les plébéiens et leurs tribuns, ce qui le fait bannir de Rome. Ce grand scélérat soulève les Volsques contre les Romains, il combat contre sa patrie et il se couvre de vils exploits.

RÉFLEXION.

Le patricien Coriolan avait reçu une brillante éducation, et il a commis le plus grand des crimes. En 89, les nobles de la France étaient lettrés, et cependant ils ont marché sur les traces de l'infâme Coriolan.

L'histoire du monde apprend que la littérature ne rend pas l'homme vertueux, ce qui me fait conclure que les partisans d'une instruction générale sont des sophistes abominables.

Tyrannie des Décemvirs.

L'an de Rome trois cents et quelques années, les nouveaux décemvirs corrompirent les jeunes patriciens, se livrèrent sans frein à leurs passions. Ils enlevèrent aux citoyens leurs richesses, aux femmes leur pudeur; ils firent périr sous la hache ceux qui murmurèrent, et ils firent de Rome un vaste théâtre de crimes.

RÉFLEXION.

L'horrible corruption des décemvirs est une des grandes leçons de l'histoire. Cette corruption incompréhensible corrobore les doctrines des grands philosophes qui ont enseigné que les hommes plus forts que les lois deviennent souvent des monstres. Rome a été la patrie des monstres, parce que Rome a été la patrie des despotes.

Je conclus que les lois de Lycurgue, plus fortes que les hommes, sont dignes d'admiration.

Je conclus que Rome a été dévorée par les hommes plus forts que les lois.

Le célèbre dictateur Camille, après des victoires éclatantes et des triomphes magnifiques, est condamné à l'exil. En sortant de Rome, Camille s'exprime ainsi: « Mon cœur » serait content, si je voyais Rome détruite par les feux du » ciel. »

Camille, maudissant sa patrie, cesse d'être honnête homme, parce que tout citoyen est fait pour sa patrie. Camille, dont le cœur bat pour la ville de Rome, offre ses services à ses concitoyens pour se réconcilier. Il obtient ce qu'il désire, son entrée dans Rome est un triomphe, il est investi des suprêmes dignités, et toute sa vie il est honoré comme un prince.

Parallèle entre Camille et Annibal.

Camille cesse d'être honnête homme en maudissant sa patrie; mais il confesse sa faute, il en obtient l'absolution, et entre dans Rome pour être honoré comme un prince.

Je conclus que, malgré sa faute, Camille doit être compté au nombre des hommes vertueux de Rome.

Annibal, souvent contrarié ou persécuté par ses compatriotes, porte toujours sa patrie dans son cœur. Je propose aux Français le patiotisme d'Annibal comme un parfait modèle.

Je conclus qu'Annibal est un grand homme, un parfait citoyen et un héros.

Question des Colonies.

L'histoire romaine nous conduit à la haute question des colonies, qui préoccupe inutilement les Français corrompus et ennemis des lois protectrices et sévères.

L'an de Rome 351, Bellovèse fonde dans le nord de l'Italie une colonie florissante sans les secours de la métropole. Aujourd'hui nous ne pouvons pas rendre florissante notre colonie d'Afrique avec les sacrifices énormes de la France.

Quelles sont les causes de la prospérité de la colonie de Bellovèse en Italie, et quelles sont les causes de la langueur de notre colonie d'Afrique?

J'enseigne aux Français frivoles, corrompus et vaniteux de nos jours, que la grandeur de la colonie de Bellovèes est logique, parce que nos illustres ancêtres se renfermaient dans l'amour conjugal; parce que nos ancêtres, très-supérieurs aux Français dégénérés de nos jours, se glorifiaient de se voir entourés d'enfants; parce nos ancêtres étaient cultivateurs et ennemis des filles publiques.

J'enseigne que la langueur de notre colonie d'Afrique est logique, parce que nos colons de l'Algérie ne veulent pas travailler la terre, ne veulent pas élever beaucoup d'enfants, et parce que le mal vénérien dépeuple notre faible colonie.

L'an de Rome 365, cette ville, se trouvant délivrée de l'occupation des Gaulois, Manlius, défenseur du Capitole, se forma par ses libéralités un grand parti parmi le peuple, et conçut le projet de renverser la République. Cité devant le tribunal de Camille, il fut condamné à rouler la Roche Tarpéïenne.

RÉFLEXION.

Rome donna naissance à de nombreux conspirateurs, signalés par l'histoire. Quelles furent les causes des conspirations de Rome ?

J'enseigne que les pauvres ont encouragé les conspirateurs, parce que les pauvres sont faciles à subjuguer; j'enseigne que tous les gouvernements de l'Europe doivent s'opposer à l'encombrement des villes; j'enseigne que la trop grande propagation de l'instruction, en détournant les hommes des professions manuelles, remplira les villes de socialistes, de Catilinas, de révolutionnaires et de brigands.

Camille augmenta fortement la puissance de Rome, ce qui détermina Carthage à rechercher son alliance, et à conclure avec elle un traité de paix l'an de Rome 405.

L'an de Rome 469, les Romains eurent à soutenir une guerre contre les Gaulois, qui défirent le consul Métellus, et bientôt après contre le fameux Pyrrhus, roi d'Epire. Les victoires de Pyrrhus furent des écoles militaires pour les Romains, qui firent de grands progrès dans l'art des campements.

RÉFLEXION.

J'exhorte nos diplomates à remarquer que les peuples vaincus et annexés ne se soulevèrent point contre Rome, parce qu'ils étaient traités avec une grande générosité.

Première guerre punique.

La première guerre punique, qui a été un vrai brigandage, renferme pour les nations une grande instruction. Lorsque les Romains portèrent dans Messine leur intervention contre les Carthaginois, ils violèrent le droit; lorsque, après une guerre cruelle qui avait duré vingt-trois ans, les Romains dépouillèrent les Carthaginois d'une grande partie de leurs possessions, ils furent des brigands.

RÉFLEXION.

Quels furent les résultats de la première guerre punique?

La première guerre punique, par son injustice, fut la vraie cause de la seconde guerre punique, qui plaça Rome dans un état très-voisin de la mort.

L'intervention des Romains dans la Sicile ressemble à l'intervention des Français en Amérique, arrivée sous l'infortuné Louis XVI. Les Français, aidant les colons anglais insurgés contre leur métropole, remportèrent des victoires qui enlevèrent aux Anglais leurs colonies les plus importantes.

Quels ont été les fruits glorieux de nos victoires dans la guerre de l'indépendance américaine? L'Europe deux fois à Paris a été l'œuvre des Anglais; nos colonies entre les mains des Anglais sont des représailles, et les Anglais ne peuvent point nous pardonner.

La funeste intervention des Français en Amérique, arrivée sous Louis XVI, nous amène à une haute question politique et philosophique. L'histoire du monde apprend que les interventions armées ont souvent été désastreuses, ce qui a déterminé les sages anciens et les sages modernes à proclamer la doctrine de non-intervention.

Sagesse américaine.

« Nous ne combattrons jamais contre Maximilien, empe-
» reur du Mexique, et nous ne reconnaîtrons jamais Maxi-
» milien comme empereur du Mexique, parce que nous
» sommes les fidèles observateurs de la doctrine de non-
« intervention. »

Philosophes américains, vos montagnes sont grandes, vos plaines sont grandes, vos rivières sont grandes, et vos âmes sont encore plus grandes !

RÉFLEXION.

Ces paroles : « nous ne combattrons jamais contre Ma-
» ximilien » annoncent une juste horreur pour une guerre injuste. Ces paroles : «Nous ne reconnaîtrons jamais Maxi-
» milien » annoncent que les sages Américains ne veulent rien faire contre l'indépendance américaine.

QUESTION DE LA CIVILISATION.

Je ne suis pas assez savant pour donner à la civilisation une définition : cependant je suis convaincu que le respect pour la vie de nos semblables doit être la base de la civilisation. Depuis Clovis jusqu'à nos jours, les Européens ont égorgé sur les champs de bataille trop facilement leurs semblables. J'ai lu les histoires des peuples de l'Europe et ces histoires ne m'ont pas appris qu'on a consulté un jury avant de déclarer la guerre.

J'exhorte de toutes mes forces les Européens à se persuader que les interventions injustes, que les victoires injustes sont de grands crimes.

Je conclus que la neutralité de l'union américaine est suprême sagesse.

Je conclus que l'intervention de Louis XVI en Amérique a été une faute.

Je conclus que l'intervention de Louis-le-Désiré en Espagne a été une faute.

Deuxième guerre punique.

La deuxième guerre punique, qui a été un grand fléau pour les Romains, renferme les plus grandes leçons de l'histoire. Après la fameuse bataille de Cannes, Annibal, croyant les Romains sans ressources, ne profite point de la victoire; il travaille à soulever contre les Romains les pays conquis, et il ne peut réussir avec sa politique astucieuse, parce que les Romains traitaient les peuples vaincus avec une grande générosité. Scipion, en Espagne, soulève facilement les pays conquis contre Carthage, parce que les Carthaginois opprimaient les peuples vaincus.

Je prie mes lecteurs de remarquer que Rome, attaquée par Annibal, a été sauvée par la philosophie de Numa Pompilius, qui avait enseigné aux Romains qu'il fallait subjuguer les cœurs des peuples vaincus pour parvenir à la vraie gloire et à une solide grandeur.

Je conclus que les nations vivent par leurs philosophes, par la force morale plus que par les victoires et la force matérielle.

Bataille mémorable de Zama.

Après des prodiges de valeur de part et d'autre, la fortune était demeurée indécise, lorsque la cavalerie numide assiégeant l'armée d'Annibal, décida la victoire en faveur des Romains.

RÉFLEXION.

Montesquieu s'exprime ainsi : « Tout ce que peut faire » un grand capitaine, tout ce que peut faire un grand hom-

» me d'Etat, Annibal le fit pour sa patrie. » Annibal ne fit point ce que pouvait faire un philosophe; si Annibal eût subjugué les cœurs des Numides par sa justice, par ses bienfaits, et même par sa générosité, les Romains ne seraient pas redevables aux Numides de la célèbre victoire de Zama.

La célèbre bataille de Zama renferme une des grandes leçons de l'histoire; elle apprend aux peuples les plus puissants qu'ils ont toujours besoin de se faire des amis et des alliés. Si les Carthaginois eussent gagné l'amitié des Numides, la dégradation qui fut la suite de la bataille de Zama n'aurait pas réduit Carthage au désespoir.

Je conclus que les nations doivent leur grandeur à leurs philosophes.

Je conclus que la grandeur des Romains est l'œuvre de la philosophie de Numa Pompilius.

Je conclus que les Amilcar, que les Annibal, que les Thémistocle, que les Agésilas, que les Epaminondas, que les Gustave, que les Sobieski, que les Masséna, que les Moreau sont incapables de donner aux nations une solide grandeur.

Je conclus qu'Annibal a été terrassé plus par la philosophie que par l'épée de Scipion.

Troisième guerre punique.

Cette guerre, fatale à Carthage. fut une vengeance de la seconde guerre punique. Cette guerre, qui fut une violation des traités de paix entre Rome et Carthage, doit être placée au nombre des brigandages. Carthage a été détruite l'an de Rome 608, soixante-cinq ans après la seconde guerre punique.

RÉFLEXION.

Quel a été le résultat de la rivalité de Rome et de Carthâge? Cette guerre a été le fléau des Romains et des Carthaginois. Carthage a été détruite, et Rome a été sur le point d'être détruite.

Les Anglais et les Français ont rempli le monde du bruit de leur rivalité. Quel a été le résultat de cette terrible rivalité? L'Angleterre et la France ruinées, dépeuplées, et des millions de familles désolées ont été les tristes fruits de cette rivalité.

Je conclus que les trois guerres puniques renferment de grandes leçons, et qu'elles sont une véritable école pour les rois, pour les hommes d'Etat et pour les législateurs

Je conclus que l'empire carthaginois, oppresseur des peuples vaincus, a péri par ses victoires.

Je conclus que l'empire romain, généreux envers les peuples vaincus, doit sa grandeur à ses victoires et à sa politique.

Je conclus que les victoires placent les vainqueurs dans un état voisin de la mort, si ces victoires augmentent le nombre des ennemis des vainqueurs.

Guerre des Romains dans la Grèce.

Les guerres des Romains dans la Grèce sont des images des guerres puniques. L'an de Rome 550, la république romaine tourna ses armes contre Philippe, roi de Macédoine, après la fin de la deuxième guerre punique. Je pense que cette guerre des Romains fut juste, parce que Philippe avait accordé un secours à Annibal combattant contre le peuple romain.

RÉFLEXION.

Les guerres contre la Macédoine, comme les guerres contre Carthage, renferment les plus grandes leçons de l'histoire. Si Philippe, roi de Macédoine, eût observé une prudente neutralité dans la seconde guerre punique, il aurait prévenu l'hostilité des Romains et les désastres qui en furent la suite.

Je conclus que la neutralité du roi des Belges dans les guerres de l'Europe a été suprême sagesse.

Je conclus que la neutralité des Français dans la guerre des Prussiens a été un acte de sagesse.

Je conclus que le roi et les Etats suédois de nos jours ont donné à l'Europe un grand exemple de sagesse en proclamant leur neutralité dans les guerres européennes.

Je conclus que la neutralité est enseignée par l'histoire du monde et par les grands philosophes du monde.

Dictature de Sylla.

L'an de Rome 650 environ, le sénat charge Sylla d'aller en Asie combattre le grand ennemi des Romains. Après avoir forcé Mithridate à demander la paix, Sylla revient à Rome pour se venger de ses ennemis, et il surpasse les cruautés de Marius. Trente-trois consuls, sept préteurs, soixantes édiles, deux cents sénateurs et cent cinquante mille citoyens périssent victimes des fureurs de Marius et de Sylla.

Réflexion importante sur Sylla.

La dictature de Sylla est une grande époque dans l'histoire romaine. Je fixe la décadence des Romains à la dictature de Sylla, parce que Sylla pilla les pays conquis et fit à Rome de nombreux ennemis.

Je fixe encore la décadence des Romains à la dictature de Sylla, parce que les hommes furent plus forts que la loi. Manlius et Cassius roulèrent la Roche Tarpéïenne, Coriolan et Camille furent exilés; mais Marius et Sylla, qui furent des monstres, ne furent point jugés. Je conclus que toute nation est en décadence lorsque les lois ne sont pas plus fortes que les hommes.

Je conclus que les lois et la discipline de Rome, altérées par Marius et Sylla, ont été une grande cause de la décadence des Romains.

Après avoir étudié les doctrines des grands philosophes, j'enseigne que la Macédoine et que Carthage ont péri par l'oppression des peuples conquis; j'enseigne à l'univers qu'une victoire éclatante qui grossit le nombre des ennemis place le peuple vainqueur dans un état voisin de la mort; j'enseigne que tout chef politique, guerrier ou pacifique, doit se déclarer le grand défenseur des peuples vaincus pour parvenir à la vraie gloire et à une grandeur solide; j'enseigne que la nation française sera nation-soleil lorsque les peuples de l'Europe seront les amis des Français; j'enseigne aux Français que la conquête des cœurs Européens n'est pas au-dessus des forces de l'esprit humain. J'exhorte de toutes mes forces les Français à ne jamais oublier que l'épée mariée à la philosophie par Numa a fait la grandeur de Rome.

J'exhorte de toutes mes forces les Français à se persuader que l'épée, séparée de la philosophie par Sylla, a fait la décadence des Romains.

Conjuration de Catilina.

Lorsque Pompée étendait en Asie la gloire et la puissance de Rome, une conjuration menaçait la métropole d'une subversion totale. Catilina formait le projet de renverser le gouvernement.

Quelles furent les causes de la conjuration de Catilina? Les nombreux partisans de Catilina, ruinés par le luxe, par le jeu, par la paresse, par la gourmandise, par le libertinage, espéraient s'enrichir par les proscriptions et les spoliations des riches Romains.

La conjuration des socialistes de nos jours est une image parfaite de celle de Catilina. Les quarante mille socialistes tués par Cavaignac, étaient des hommes ruinés par le libertinage, par le jeu, par le luxe, par la paresse, par la gourmandise et par la trop grande propagation de l'instruction.

J'appelle l'attention des souverains de l'Europe. J'enseigne que la généralisation de l'instruction est une grande cause de paupérisme; j'enseigne que la trop grande propagation de l'instruction menace l'Europe des plus grandes calamités, parce qu'elle détourne les hommes de toutes les professions manuelles.

RÉFLEXION.

Que doivent faire les législateurs européens pour préserver les nations des conjurations des socialistes?

Les lois de la Chine sont un parfait modèle. Les ravages des courtisanes, la paresse, le luxe, le jeu, la gourmandise, sont réprimés par les lois philosophiques de la Chine.

Après la chute de Catilina, trois fameux guerriers, Pompée, César et Crassus, se partagent la puissance, forment le premier triumvirat, et l'empire du monde se trouve partagé entre trois maîtres. La mort de Crassus donne naissance à la rivalité de César et de Pompée. Ces deux célèbres Romains sont le grand fléau de leur patrie, qu'ils dépeuplent par les guerres civiles, et ils périssent misérablement tous les deux.

RÉFLEXION.

Si Pompée et César eussent été esclaves des lois, ils auraient été honorés comme des princes pendant toute leur vie, comme Cincinnatus, Camille et Fabricius; ils se placèrent au-dessus des lois pour leur grand malheur et pour le malheur de leur patrie.

Je conclus que l'homme est né pour être l'esclave des lois, et qu'il est libre lorsqu'il dépend des lois et non des hommes.

Je conclus que de sages lois renferment tous les éléments de la félicité terrestre.

Je conclus que Pompée et César, plus forts que les lois, ont été deux brigands et deux malheureux.

Je conclus que les lois sages sont la source de la vertu, de la gloire, des richesses et de la liberté.

Je conclus que la grandeur des Romains a été tuée par ses citoyens qui se sont placés au-dessus des lois.

Je conclus que les Romains qui se sont placés au-dessus des lois se sont tués eux-mêmes.

Second Triumvirat.

Après la mort de César, trois nouveaux ambitieux se partagent le pouvoir et forment un second triumvirat. Quelque temps après la fabrication de ce triumvirat, les triumvirs entrent dans Rome, ils surpassent en cruautés Marius et Sylla. Trois cents sénateurs, deux mille chevaliers, les citoyens les plus riches sont proscrits, condamnés et exécutés.

Je conclus que les Français et les Européens éprouveront les grandes calamités des Romains, si les hommes deviennent plus forts que les lois.

J'exhorte de toutes mes forces notre Corps législatif à se persuader qu'il faut toujours et toujours augmenter l'empire des lois.

Je conclus que les ambitieux des deux triumvirats ont été des brigands, parce qu'ils ont été plus forts que les lois.

Mes conclusions sont tirées des doctrines des philosophes géants de l'ancienne Egypte, de l'Inde et de la Chine, qui ont enseigné que les hommes plus forts que les lois deviennent des monstres.

Empire romain.

La bassesse du sénat décerne le titre d'Auguste à un grand brigand. Un historien sophiste s'exprime ainsi : « Le » siècle d'Auguste, dans lequel vécurent Virgile, Horace, » Catulle, Ovide, Tite-Live, Salluste et d'autres écrivains, » fait honneur à l'esprit humain. »

Je réfute cet historien sophiste par les doctrines des grands philosophes, qui ont enseigné que toutes les sciences séparées de la vertu sont stériles, qui ont enseigné que la corruption est le grand fléau des empires, et qui ont enseigné que le peuple le plus corrompu est le dernier des peuples.

Je conclus qu'un code pénal sage et sévère est le plus grand présent qui puisse être accordé à une nation, parce que les sages lois sont le moyen le plus grand pour préserver un peuple du grand fléau de la corruption.

Je conclus que les gouvernements européens se font une illusion immense en voulant rendre les hommes vertueux en les lettrant.

Je conclus que la corruption des Romains a été la grande cause de leur décadence.

Je suis persuadé que la France peut, comme Rome, périr par la corruption.

RÉFLEXION.

Le règne d'Auguste renferme une des grandes leçons de l'histoire. Varus, gouverneur de la Germanie, ayant accablé ce pays d'impôts, les Germains se révoltèrent et taillèrent en pièces trois légions. Ce désastre fit perdre la tête à Auguste; dans son désespoir il s'écriait : « Varus, Varus, » rends-moi mes légions. » L'histoire apprend que l'empire carthaginois et que l'empire macédonien ont péri par les conquêtes, et l'histoire apprend que les Germains firent traîner le boulet aux empereurs romains, comme les Polonais le font traîner aux czars de la Russie.

Je conclus, l'histoire à la main, que les conquêtes sont les fléaux des conquérants.

Je conclus que l'histoire ancienne et que l'histoire de nos jours, enseignent aux nations qu'il est dangereux et très-dangereux de faire des conquêtes.

J'exhorte les souverains de l'Europe à profiter des grandes leçons de l'histoire romaine, qui est une école de philosophie pour les princes, les diplomates et les législateurs.

J'exhorte les souverains de l'Europe à remarquer que l'histoire de nos jours enseigne que les pays conquis font traîner le boulet à leurs vainqueurs.

Mort de l'empereur Auguste.

L'an de Rome 766, et l'an 14 de Jésus-Christ, Auguste mourut à Nole, à l'âge de soixante-seize ans, après en avoir régné quarante.

Règne de Tibère.

Tibère, fils adoptif d'Auguste, lui succéda, et fit de Rome un grand théâtre de crimes; et Caligula, célèbre par sa cruauté, fut déclaré empereur par les patriciens et les plébéiens.

Je conclus que le despotisme a été la grande source des crimes de Tibère et de Caligula, parce que ces deux personnages, avant d'être empereurs, jouissaient de l'estime publique.

Je conclus que Tibère et Caligula auraient été de bons souverains, s'ils avaient été esclaves des lois comme l'étaient les empereurs du Céleste-Empire.

Je conclus que les empereurs de la Chine ont été très-supérieurs en vertu aux souverains de l'Europe, parce qu'ils ont toujours été les premiers esclaves des lois.

Règne de Néron.

Lorsque Claude, successeur de Caligula, expirait, Néron fut proclamé empereur par les soldats. Rome respire pendant les premières années de Néron. Il prend Auguste pour modèle, il est clément, libéral, populaire ; il respecte les lois, il déclare qu'il est fait pour travailler au bonheur des Romains. Après quelques années heureuses, il ne met aucune borne à ses cruautés, et les historiens le placent au nombre des monstres.

RÉFLEXION.

Néron, avant de monter sur le trône, est honnête homme, et sur le trône il est un monstre.

Nous sommes forcés de conclure que le pouvoir dictatorial a été la grande cause des crimes commis par Néron.

Henri VIII, roi des Anglais, avant de monter sur le trône, est un modèle de vertu : il est continent, il est religieux, il est savant ; sur le trône il devient un Néron.

Nous sommes forcés de conclure que le despotisme a été la source de tous les crimes commis par Henri VIII, roi d'Angleterre.

Le pape Hildebrand, la tiare sur la tête, s'imagine être le maître du monde, et que les souverains, ses vassaux, doivent se prosterner devant la tiare.

Nous sommes forcés de conclure que le despotisme a été la source des prétentions extravagantes du pape Hildebrand.

Mes conclusions sont corroborées par l'abbé de Mably et M. Thiers, qui enseignent que le pouvoir absolu tourne la tête à un homme; par Fénélon, qui enseigne que le pouvoir absolu expose un roi aux fautes les plus grandes; et par les plus grands philosophes de la Chine, qui enseignent que les hommes qui ne sont pas esclaves des lois deviennent souvent des monstres.

Galba, Othon, Vitellius, proclamés et massacrés par les soldats, apprennent aux rois qu'il doivent être ennemis du despotisme et partisans de l'esclavage des lois.

Règne glorieux de Vespasien.

Vespasien, proclamé par l'armée d'Orient, justifie par sa conduite les espérances qu'on avait conçues de sa sagesse. Il ramène la paix à Rome; il rend aux lois leur vigueur, aux magistrats leur autorité; il rétablit l'ordre sur les routes et dans les provinces, et la discipline dans l'armée; il se montre généreux envers ses ennemis; il protége les arts et les lettres.

Le règne glorieux de Vespasien renferme deux grandes leçons. « Il rend aux lois leur vigueur, » dit l'historien. Vespasien ne fit pas assez pour la grandeur de Rome en rendant aux lois leur vigueur, ce grand empereur devait augmenter l'empire des lois. Pour faire la grandeur d'une nation, il faut être législateur, il faut créer toujours et toujours des lois protectrices

L'histoire de Vespasien renferme une des grandes leçons de l'histoire. Ce grand prince remporte de brillantes victoires dans la Grande-Bretagne, en Germanie, dans les Gaules et dans la Palestine. Les déplorables triomphes de Vespasien apprennent aux souverains de l'Europe que les peuples conquis font traîner le boulet aux conquérants.

Je conclus que le grand Vespasien a soutenu pendant sa vie seulement la grandeur romaine par son mérite dans l'art de la guerre.

RÉFLEXION.

Si aujourd'hui Victor Hugo, M. Thiers, M. Guizot, M. de Lamartine et notre Napoléon, écrivaient l'histoire de la Grèce, ils diraient qu'on ne peut opposer aucun grand homme à Epaminondas ; ces illustres écrivains écriraient que les illustres Grecs et Romains sont effacés par le fameux Epaminondas.

Quant à moi, j'enseigne qu'Epaminondas est petit et très-petit devant Lycurgue et Numa Pompilius, parce que Lycurgue, législateur, a procuré aux Lacédémoniens une grandeur qui a duré sept siècles ; parce que la philosophie de Numa a fait la grandeur de Rome, et parce qu'Epaminondas a illustré la ville de Thèbes par une grandeur qui a duré sept ans.

Je conclus que les législateurs sont les vrais lieutenants de la Divinité sur la terre.

Je conclus qu'un grand législateur est très-supérieur à un Epaminondas.

Je conclus que les Européens qui estiment trop les hommes de guerre et pas assez les législateurs, se font une immense illusion.

Règne paternel de Titus.

Titus, fils de Vespasien, est son successeur. Il prend son père pour modèle. Ses bienfaisantes qualités le font surnommer *les délices du genre humain.*

RÉFLEXION.

Je reproche à Titus ce que j'ai reproché à son père : Titus n'a pas été législateur ; Titus n'a pas augmenté l'empire des lois, et ce prince, digne d'admiration, a été utile aux Romains seulement pendant sa vie.

Domitien, frère de Titus, corrompu par le pouvoir dictatorial, devient un monstre sur le trône, après avoir été un homme vertueux dans la vie privée.

RÉFLEXION.

Il est certain et très-certain que Domitien n'aurait pas commis les crimes qu'on lui reproche, s'il avait été moins fort que les lois. Dans le Céleste-Empire, les empereurs sont les grands esclaves des lois, et les annales chinoises font mention d'un très-petit nombre de mauvais souverains.

Après la mort de Domitien, le sénat proclame empereur le vertueux Nerva, qui associe à l'empire Trajan, homme d'un grand mérite.

Règne glorieux de Trajan.

La proclamation de Trajan répand dans l'empire une joie universelle, à cause de ses grandes qualités. L'empereur Trajan se considère comme le chef de l'Etat, et il jure d'observer les lois. Trajan, sage administrateur et grand homme de guerre, soumet les Parthes, les Daces, l'Arménie, la Syrie, la Mésopotamie, l'Arabie, et il jouit d'un triomphe éclatant. Les peuples vaincus s'étant soulevés, il les soumet de nouveau.

RÉFLEXION.

L'histoire romaine, l'histoire ancienne, l'histoire moderne, l'histoire du monde, apprennent que les peuples vainqueurs ont presque toujours fait traîner le boulet à leurs vaincus. Si aujourd'hui les chefs politiques de l'Europe estiment les conquêtes, c'est parce qu'ils ne profitent point des leçons de l'histoire.

Je conclus que Trajan a manqué de sagesse, parce qu'il a trop aimé la guerre.

Règne pacifique d'Adrien.

Adrien, successeur de Trajan, préféra la paix à la guerre et aux conquêtes. Son règne pacifique fut troublé par la révolte des Juifs.

Toutes les pages de l'histoire romaine apprennent que les conquêtes sont le fléau des vaincus et des vainqueurs.

Je conclus qu'Adrien, ami de la paix, mérite une belle place dans l'histoire.

Règne d'Antonin, surnommé le Juste.

Antonin, successeur d'Adrien, est célèbre par sa sagesse et sa justice. Il accorde aux chrétiens une tolérance légitime; il s'occupe de l'état moral des Romains, et il ne néglige point les intérêts matériels. A sa mort, tous ses sujets furent inconsolables.

Règne du philosophe Marc-Aurèle.

Après la mort d'Antonin, Marc-Aurèle est reconnu empereur par le sénat et le peuple; ce roi vertueux et éclairé fait le bonheur des peuples soumis à sa domination. Marc-Aurèle donne à ses sujets le grand exemple de la fidélité conjugale. Il est le grand défenseur de la liberté, il est le grand ami de la paix, et il se voit forcé de soutenir des guerres désastreuses contre les soulèvements des pays conquis qui ruinent et dépeuplent l'empire romain.

RÉFLEXION.

Quatre empereurs vertueux, Trajan, Adrien, Antonin et Marc-Aurèle, ont procuré à Rome une prospérité de cent ans par leur mérite. Ces quatre empereurs, que l'univers admire, auraient fait vivre Rome avec gloire pendant vingt siècles, s'ils eussent été de grands législateurs, Les législateurs ont fait vivre avec gloire le Céleste-Empire pendant quarante siècles. La prospérité extraordinaire de la Chine apprend d'une manière péremptoire que les bonnes lois font la grandeur des nations autrement que les éclatantes victoires.

Je conclus que Moïse, que Minos, que Lygurgue, que Numa Pompilius sont très-supérieurs aux empereurs vertueux de Rome, qu'on admire bien plus qu'ils le méritent.

Je conclus que les nations vivent par leurs grands législateurs un grand nombre de siècles.

Je conclus que les grandes victoires procurent aux nations quelques jours plus ou moins glorieux.

Je conclus que le Corps législatif de Paris est l'âme de la France et son suprême palladium.

Je conclus que le peuple français doit une éternelle reconnaissance à Napoléon-le-Grand, créateur d'un corps législatif.

Je conclus que notre Corps législatif est destiné à faire la gloire, la grandeur de la France et le bonheur de l'Europe.

Commode, fils de Marc-Aurèle, lui succède; Marc-Aurèle fit de Rome la patrie de la justice: et Commode, son fils, fit de cette métropole un théâtre de tous les crimes.

RÉFLEXION.

La triste histoire de Commode renferme une grande instruction pour les législateurs de l'univers. Le trône de Lacédémone a porté les rois les plus vertueux du monde, parce que les rois de Lacédémone étaient les grands esclaves des lois. Concluons donc que le despotisme a été la source des grands crimes de Commode.

Les empereurs vicieux de Rome réfutent d'une manière péremptoire les sophistes de nos jours qui veulent rendre les hommes vertueux en leur donnant des professeurs. L'histoire de Sparte, l'histoire de la Chine, l'histoire du monde, les grands philosophes de l'univers, enseignent que les lois sages et sévères sont le moyen principal pour rendre les hommes vertueux.

Un savant écrivain s'exprime ainsi : « La fermeté avait » régné avec Vespasien, la générosité avec Titus, la dou- » ceur avec Nerva, la grandeur avec Trajan, les arts avec » Adrien, la piété avec Antonin, enfin la philosophie avec » Marc-Aurèle, et tous ces sages n'ont produit aucun bien » solide. »

SECONDE RÉFLEXION.

Les admirables empereurs des Romains n'ont rien produit de solide parce qu'ils n'ont pas organisé des puissances législatives.

Les admirables empereurs romains n'ont rien produit de solide parce qu'ils ont usurpé le pouvoir absolu et détruit toutes les libertés. Les bons empereurs de Rome ne méritent point les éloges dont les faibles historiens les ont comblés.

L'histoire du monde apprend que les législateurs seuls ont procuré aux nations une grandeur d'une longue durée. Les Agésilas, les Epaminondas, les Thémistocle, les Gustave, les Sobieski, n'ont procuré à leur patrie aucun bien solide.

Lycurgue a fait vivre glorieusement Sparte pendant sept siècles. Les quarante siècles de prospérité de la Chine sont les œuvres de ses fameux législateurs.

Commode et ses successeurs, jusqu'à Constantin, périrent presque tous de mort violente; toutefois cette déplorable histoire renferme trois grandes leçons utiles aux chefs politiques, aux hommes d'Etat et aux législateurs.

PREMIÈRE LEÇON.

Cette déplorable histoire apprend d'une manière péremptoire que le despotisme est plus funeste à ceux qui l'exercent qu'à ceux qui le supportent. L'histoire moderne corrobore l'histoire ancienne. En Angleterre, le despotisme a conduit les Stuarts à l'échafaud et à l'exil; en France, le despotisme a produit les catastrophes des infortunés Bourbons.

Je conclus que le despotisme est le grand fléau des têtes couronnées.

Je conclus que l'esclavage des lois est un grand bienfait pour les chefs religieux et les chefs politiques.

SECONDE LEÇON.

Depuis Auguste jusqu'à Constantin, les empereurs romains furent occupés à réprimer sans cesse des soulèvements. Les guerres continuelles ayant exterminé la race de Romulus, les empereurs romains formèrent leurs légions avec des étrangers. et le fameux colosse romain fut assommé par les étrangers commandés par Odoacer.

Je conclus que la puissance romaine a été dépeuplée par ses victoires et ses conquêtes.

Je conclus que l'extermination de la masse des Romains sur les champs de bataille est une grande cause de la décadence des Romains.

Je conclus que les nations de l'Europe peuvent périr par les victoires et les conquêtes, comme Carthage, la Grèce et l'empire romain.

TROISIÈME LEÇON.

L'histoire déplorable de Rome, depuis Marc-Aurèle jusqu'à Constantin, renferme pour les souverains une des grandes leçons de l'histoire. Les empereurs vertueux furent massacrés comme les vicieux, parce que les réformes les plus justes et les plus sages froissent des intérêts et font des ennemis.

Gustave Vasa, roi de Suède, entreprit de rabattre les privilèges des prêtres, et il excita une révolution qu'il réprima heureusement. Gustave III se permit de rabattre les privilèges de la noblesse, et, moins heureux que Gustave Vasa, il périt poignardé par un noble. Je renvoie mes lecteurs à l'histoire de Suède.

RÉFLEXION.

Ces deux rois de Suède auraient pu rabattre les privilèges des prêtres et des nobles avec la plus grande facilité avec le concours des états-généraux, parce que l'opinion publique trouvait ces privilèges monstrueux; ils se compromirent en écoutant trop leur zèle.

Louis XVI, dirigé par le philosophe Turgot, voulut faire des réformes, et il se fit des ennemis.

Le très-saint Père Pie IX a entrepris de faire dans ses Etats quelques petites réformes, et il s'est attiré des reproches et des critiques

Ce fameux américain, ce Lincoln, qui a excité avec raison tant de sympathie dans toutes les parties du monde, en combattant avec fureur l'esclavage, a froissé des intérêts, il s'est fait des ennemis, et il a été victime d'une indigne conspiration.

Dans la Russie, depuis Pierre-le-Grand, on conspire contre les czars, et toutes les conspirations sont les œuvres de la noblesse, parce que les czars ont froissé les intérêts des nobles en augmentant sans cesse les priviléges des serfs.

L'histoire ancienne et l'histoire de nos jours apprennent que les grandes réformes ne peuvent être faites que par les états-généraux. Ces histoires nous apprennent que la réforme des lois, que l'abolition des impôts vexatoires, que les révolutions sociales appartiennent aux états-généraux. L'histoire du monde apprend que les priviléges des prêtres et des nobles, que les traitements des dignitaires doivent être réglés par les états-généraux.

Règnc mémorable de Constantin-le-Grand.

Constantin-le-Grand, comme guerrier, mérite une place parmi les héros.

Constantin-le-Grand a été le fléau du christianisme en le protégeant imprudemment.

Constantin-le-Grand, comme législateur, n'a rien fait d'utile à la puissance romaine.

Constantin-le-Grand, spirituel et savant, a été écrasé par le pouvoir dictatorial, et il faut rapporter à ce pouvoir dictatorial les crimes qui lui sont reprochés par l'histoire.

RÉFLEXION.

Constantin a été le premier protecteur du christianisme, et il a été le fléau du christianisme, en le protégeant imprudemment, en donnant des richesses au clergé. Où il y a de l'argent, il y a des ambitieux, des intrigants et des avanturiers. Le clergé fut corrompu par les richesses accordées par Constantin, et le clergé perdit l'estime qu'il avait dans l'opinion publique.

Dans l'Europe de nos jours, tous les corps législatifs, tous les souverains partagent l'erreur de Constantin-le-Grand, et ils sont faussement persuadés qu'ils protégent la religion en accordant aux prêtres des richesses que le législateur des chrétiens a condamnées. Cette haute sagesse du législateur des chrétiens qui condamne la richesse du clergé, n'a jamais pu entrer dans les têtes humaines.

DERNIÈRE RÉFLEXION.

J'exhorte les patriotes et les savants de l'Europe à se persuader que l'absence d'un corps législatif a été la grande cause de la décadence des Romains ; qu'un corps législatif mal composé a été la gpande cause de la mort de la Pologne ; qu'un corps législatif mal composé a été la grande cause de l'affreuse guerre civile américaine ; qu'un corps législatif bien composé manque en Espagne, dans la Grèce, en Italie, au Mexique et dans les républiques américaines qui ont rejeté la domination espagnole.

Aux savants des nations la puissance législative !

Pour avoir un corps législatif bien composé, il ne faut accorder le titre de candidat qu'a ceux qui auront subi un examen public sur la législation, devant un jury qui accordera ou refusera, selon se sagesse, les candidatures.

J'exhorte les légisĮateurs de l'Europe à se persuader que Romulus et Numa Pompilius, grands législateurs, ont jeté les fondements de la grandeur des Romains. J'exhorte les législateurs de l'Europe à se persuader que Numa Pompilius, en mariant la philosophie avec l'épée, a été le principal auteur de la grandeur des Romains.

J'exhorte les législateurs de l'Europe à se persuader que les Romains doivent leur grandeur aux trois grands devoirs prescrits par les philosophes aux conquérants. Les grands philosophes ont enseigné que les conquérants doivent respecter les religions des peuples, protéger la pudicité des femmes et enrichir les pays conquis.

Je désirerais avec ardeur être assez savant pour éclairer les législateurs de l'univers, parce que je suis convaincu et très-convaincu que les nations vivent par les grands législateurs et qu'elles périssent par les faibles législateurs.

Les législateurs sont les lieutenants de la divinité sur la terre. Dieu a été le créateur du monde ; et les législateurs sont les créateurs des empires.

Napoléon-le-Grand est plus illustre par sa science législative que par sa science militaire.

Napoléon-le-Grand a été très-supérieur à César, à Pompée, à Vespasien. à Trajan, à Gustave, à Sobiesky, parce qu'il a été un savant législateur.

Très-nobles enfants de la France, la divine science législative puisée dans les doctrines des philosophes vous placera à la tête des nations de l'Europe et de l'Univers!

C'est le vœu le plus ardent de mon cœur!

HISTOIRE

DES CAUSES DE LA GRANDEUR, DE LA DÉCADENCE

DES COLONIES

ET DES

SIX FAUTES CAPITALES

Commises par les Européens de nos jours.

> Une Colonie doit sa vie à un grand législateur.
> Une Colonie doit sa mort à un faible législateur.

Ménès fonda en Egypte, avec ses seuls enfants, une brillante colonie. Faut-il attribuer le succès de la colonie de Ménès aux vertus de ses enfants ou à la fortune? Je réponds très-négativement; j'enseigne qu'il faut attribuer les progrès rapides des colons de Ménès à une forte constitution. Tant que les enfants de Ménès furent régis par la forte constitution de l'Egypte, ils furent capables d'établir de puissantes colonies, et Athènes fait honneur à sa métropole; mais les enfants de Ménès cessèrent d'être colonisateurs, lorsque Sésostris eut remplacé les lois fortes de l'Egypte par des lois faibles.

Les anciennes lois de l'Egypte forçaient tout homme à

s'enrichir par son travail jusqu'à périr sous le scorpion. Les lois de l'Egypte punissaient le crime de l'adultère par la peine capitale. Les lois de l'Egypte condamnaient les homicides des deux sexes au supplice de la croix. Les anciennes lois de l'Egypte ne toléraient point les filles publiques.

Chanaan fonda dans la Palestine une colonie florissante et moins célèbre que celle d'Egypte, parce que ses législateurs furent très-inférieurs aux législateurs égyptiens.

J'exhorte nos législateurs à se persuader que les empires sont ce que les législateurs les font. J'exhorte nos législateurs à se persuader que les victoires ne suffisent pas pour rendre un état florissant. Je les exhorte à se persuader que les lois fortes donnent la vie aux empires, et que les lois faibles leur donnent la mort.

Fohi, avec ses enfants, a créé l'empire le plus brillant de l'univers. J'enseigne que la fameuse constitution de la Chine est la cause unique de son état florissant. J'enseigne que les lois fortes de la Chine ont fait vivre avec gloire le Céleste-Empire pendant quarante siècles.

Les lois philosophiques de la Chine punissent le vol violent par la peine capitale. Les lois de la Chine forcent tout homme au travail jusqu'à le faire périr sous le bâton. Les lois de la Chine punissent les délits du jeu, de la paresse, de la gourmandise, du luxe et de l'incontinence. Lorsqu'une mandarine est coupable du délit du luxe, le bourreau l'attache à une colonne et lui fait quarante contusions ou blessures sur son dos.

Les Chinois ont conservé leurs qualités de coloniser, et tous les peuples de la terre les attirent dans leurs colonies et même dans les métropoles. L'empire de Russie, la Perse et la Turquie font des efforts pour introduire des cultivateurs chinois dans leurs états.

J'exhorte nos législateurs à se persuader que les fortes lois de la Chine rendent les Chinois colonisateurs. J'exhorte nos législateurs à se persuader que les Européens ont perdu leur mérite colonisateur, parce qu'ils sont régis par des lois faibles. Je les exhorte de toutes mes forces à se persuader que les hommes sont ce que les lois les font. J'exhorte nos législateurs à se persuader que les lois fortes font les hommes vertueux et libres, et que les lois faibles font les esclaves.

Les anciens Romains fondèrent, dans les pays conquis, des colonies pour servir de remparts à leur puissance, et ils réussirent avant de tomber dans la corruption. Sous Auguste, les Romains corrompus furent incapables de fonder des colonies florissantes.

Je prie nos législateurs de remarquer que la grande corruption des Romains date de Jules César. Ce célèbre sophiste abolit des lois protectrices pour les remplacer par des lois douces, dans le but de se faire un parti parmi le peuple. Je suis persuadé que Jules César a détruit le mérite colonisateur des Romains en détruisant leurs lois fortes.

Le grand Romulus ne fut pas assez philosophe pour forcer directement ses sujets au travail par une loi, mais il força à travailler indirectement, en punissant le vol rural avec une grande sévérité. Un Romain coupable d'un simple vol rural était placé entre deux bourreaux pour souffrir le feu d'un côté et le fouet de l'autre. Le Romain insolvable devenait l'esclave de ses créanciers. Jules César remplaça la peine du feu par une peine pécuniaire, et il toléra les filles publiques frappées de la plus terrible proscription avant son avènement au souverain pouvoir.

Je conclus que le mérite colonisateur des Romains a été détruit par la faiblesse des lois imposées par Jules César.

Les Turcs, sous les Mahomet et les Soliman, ont été colonisateurs ; aujourd'hui ils ne le sont plus. Quelle en est la cause? Je pense que la faiblesse des lois a détruit le mérite colonisateur des Turcs. Mahomet favorise la paresse et l'indolence de ses disciples. Si les Turcs ont été colonisateurs dans les temps, j'attribue cette qualité à leur ferveur religieuse, qui s'est refroidie.

Erreur monstrueuse des Economistes sur les causes de la dépopulation de la Turquie.

Les Économistes enseignent que l'oppression est la cause de la dépopulation de la Turquie. Cela est faux et très-faux : la Turquie est dépeuplée par la corruption. Les Turcs de nos jours veulent être entourés de femmes et ils élèvent un petit nombre d'enfants.

Je suis persuadé qu'une loi qui forcerait les deux sexes au travail, comme celle de la Chine, peuplerait la Turquie, en répandant l'abondance dans les maisons. Le paupérisme pousse les Turcs au système du petit nombre d'enfants au lieu de les pousser au travail.

Moïse a créé un grand empire dans la Palestine avec sa forte constitution, et si la constitution de Moïse avait été plus forte, l'empire des Juifs, en Palestine, aurait été plus brillant et plus puissant. Moïse, en Egypte, fut choqué de voir travailler le bourreau pour régénérer les hommes et il entreprit de rendre ses frères vertueux en les rendant religieux. Moïse se trompa en voulant gouverner les hommes par la religion. Moïse disait à son peuple : « Si tu » observes la loi, Dieu te bénira ; si tu la violes, Dieu te » punira. » Si notre Napoléon parlait comme Moïse aux Français vicieux, il n'aurait aucun succès.

J'exhorte nos législateurs à remarquer que les philosophes géants du premier ordre ont tous voulu régénérer les hommes en employant les supplices.

J'exhorte nos législateurs à remarquer que Moïse a été un législateur trop populaire.

OBJECTIONS.

Les Economistes parlent ainsi : « Les anciennes colo- » nies étaient indépendantes des métropoles et elles réus- » sissaient. Dans les temps modernes, les colonies ne » réussissent pas, parce qu'elles sont dépendantes des mé- » tropoles. »

Je réfute les Economistes par l'histoire du monde : le Brésil émancipé languit ; toutes les colonies, démembrées de l'Empire espagnol, languissent ; Saint-Domingue languit ; le Mexique, où nous avons porté notre intervention, languit.

Je conclus, contre les Economistes, que la dépendance des colonies n'est pas une cause de décadence.

Dans un café, un Polonais me reprend en défaut : « Vous vous trompez, en attribuant la décadence des co- » lonies françaises à la faiblesse des lois : les Français » n'ont pas pu fonder des colonies florissantes, parce qu'ils » ont toujours voulu le faire avec des hommes vicieux. »

Cette raison du Polonais est insuffisante ; les Godefroy, les Baudoin, les Lusignan firent entrer dans la Palestine d'excellentes populations, et cependant ils ne fondèrent aucune colonie puissante. Moïse a réussi dans la Palestine, parce qu'il a été un grand législateur; les chefs Croisés n'ont pas réussi, parce qu'ils ont été de faibles législateurs.

Dans un café, un français me reprend ainsi : « Je res-
» pecte vos opinions, mais je ne les partage pas; je ne
» rapporte pas les insuccès de nos colonies à la faiblesse
» de nos lois. Les Français n'ont pas réussi dans les co-
» lonies, parce qu'ils traitent trop mal les étrangers, les
» nègres et les autres. »

Cette raison est bonne et insuffisante : les Français ont fondé des colonies dans des déserts, et ils n'ont pas réussi; notre colonie de la Guyane est languissante comme les autres établissements.

Je conclus que la faiblesse des lois françaises est la vraie cause de la langueur de nos colonies.

Rollon a fondé une colonie florissante dans la Normandie. Tout le monde connaît ses lois draconiennes. J'exhorte les législateurs de la France, de l'Europe et de l'Univers à remarquer que les lois trop sévères donnent la vie aux sociétés naissantes, et que les lois douces donnent la mort aux colonies.

J'exhorte nos législateurs à remarquer que l'empire Egyptïen a étè tué par les lois douces de son Sésostris, que la Grèce a été tué par l'abolition des lois fortes, que l'empire Romain a été tué par les lois faibles et populaires de Jules César.

Je conclus que l'homme doit être gouverné par des lois fortes.

Je conclus que Rome doit sa grandeur à ses lois terribles, et sa décadence à ses lois populaires.

Le jeune empire du Brésil est languissant à cause de la faiblesse de ses lois. Les voyageurs racontent que le tiers des enfants qui naissent dans cet empire est abandonné. Ce seul désordre dévoile les lois pitoyables du jeune empire Américain. Cécrops, Moïse, Romulus, Didon, Mahomet, Rollon n'ont jamais permis à leurs sujets d'abandonner un si grand nombre d'enfants.

Je conclus que la grande corruption des Portugais est la vraie cause de la langueur du jeune empire américain.

Je conclus que la faiblesse des lois est la vraie cause de la grande corruption des Portugais.

Je conclus que les lois fortes et terribles sont seules capables de créer des empires.

Erreur de Bacon, philosophe anglais, sur les colonies.

Bacon enseigne que les peuples ont perdu leurs qualités prolifiques. Cela est vrai pour tous les peuples de l'Europe, et cela est faux pour tous les peuples de l'Asie. Les Chinois de nos jours sont aussi aptes à fonder des colonies que du temps de l'admirable Confucius. Quelles en sont les causes? Les Européens ont perdu leurs qualités prolifiques, en perdant leurs lois fortes; les Chinois ont conservé leurs qualités prolifiques en conservant leurs lois terribles. Les Européens corrompus sont fainéants, et ils ne veulent pas prendre la peine d'élever un grand nombre d'enfants. Les Chinois sont laborieux et ils élèvent de nombreuses familles. Les Français et les Anglais élevés dans la discipline chinoise seraient vertueux comme les Chinois. Les Chinois élevés selon les faibles lois de l'Angleterre ou de la France seraient corrompus comme les Anglais et les Français.

Je conclus qu'un peuple conserve ses qualités prolifiques en conservant ses lois fortes.

Je conclus que les hommes sont ce que les lois les font.

Les enfants de Japhet vinrent fonder, dans les Gaules, une colonie célèbre et puissante. A quelles cause faut-il attribuer la grandeur de la nation gauloise? J'enseigne qu'il faut la rapporter aux lois fortes qui régissaient les Gaulois. Les hommes et les femmes impudiques, les voleurs, les homicides étaient brûlés dans les sacrifices. Les Gaulois, corrompus par les Phocéens, supportèrent les femmes impudiques, ils perdirent leur énergie morale et physique, ils cessèrent d'être indomptables et ils devinrent les tributaires des Romains.

Une colonie, conduite par Bellovèse en Italie, devint florissante et redoutable aux Romains. La constitution de Bellovèse est inconnue. Cependant, l'on peut dire que les Gaulois, à cette époque, n'étaient pas assez corrompus pour tolérer des filles publiques.

Sigovèse, frère de Bellovèse, alla fonder une colonie en Espagne; cette colonie, dépourvue d'une forte constitution ne se rendit point célèbre.

Brennus traversa l'Europe et alla fonder la Gallatie en Asie, cette colonie fut un rempart contre la puissance romaine.

Les druides, législateurs de nos ancêtres, étaient-ils barbares en faisant brûler, dans des cérémonies religieuses, les hommes et les femmes impudiques, comme le pensent les sophistes de la France?

Je réponds très-négativement : la moitié des crimes qui se commettent dans le monde ont pour origine l'appétit vénérien des deux sexes, disent les philosophes géants. Aujourd'hui en Europe, un mari fait périr une épouse vertueuse, pour vivre avec de jeunes filles ; une épouse empoisonne un mari vertueux, pour vivre avec des amants. Ces grands crimes étaient arrêtés par la coction des impudiques. Une fille publique fait périr cent hommes avant leur course, en leur donnant le mal vénérien. Les courtisanes sont une grande cause du paupérisme, en France et en Europe ; le quart des partisans de Catilina avait été ruiné par les courtisanes ; le quart de quarante mille insurgés tués par Cavaignac, à Paris, avait été ruiné par les courtisanes ; les courtisanes, dans les colonies de l'Europe, sont un grand obstacle à la population ; les courtisanes ne sont jamais étrangères à la mort des nations.

Je conclus, contre les sophistes de la France, qu'une fille publique est homicide.

Je conclus, contre les sophistes de l'Europe, que les filles publiques sont le grand fléau des empires et des colonies.

Je conclus que la tolérance des femmes impudiques est un acte impolitique.

Je conclus que les druides, nos anciens législateurs, ont été de profonds philosophes.

Je conclus que l'appétit vénérien est l'origine de la moitié des crimes qui se commettent dans le monde.

Je conclus que les courtisanes ne furent pas étrangères à la décadence des Gaules.

Je conclus que la prostitution est le plus grand fléau des empires.

Je conclus que les filles publiques sont les mères des révolutionnaires.

Question Papale et Question du Congrès.

Le Pape tolère, à Rome et dans ses états, des courtisanes; le Pape, comme chef politique, doit-il être un modèle pour les autres chefs politiques de l'Europe?

Je réponds très-négativement : le saint Père est un faible chef politique, puisqu'il a le triste besoin des Français pour conserver son séjour à Rome, et pour gouverner ses sujets.

Les sophistes abominables de l'Europe en ont imposé au Pape et aux Souverains, en leur faisant croire que les filles publiques sont un désordre qu'il faut tolérer, pour prévenir des désordres plus grands.

J'enseigne, contre des légions de sophistes, que les filles publiques sont le désordre le plus grand des empires. Les maisons de prostitutions sont des écoles de Sodomie. Une fille prostituée fait périr cent hommes, avant leur course, en donnant le mal vénérien. Le quart des enfants, qui naissent à Paris et dans nos colonies, périssent avant six ans du mal vénérien. Les prostituées enfantent les révolutionnaires, en ruinant les hommes. Les prostituées sont une grande cause du crétinisme. Les prostituées sont la grande cause de la décadence des empires; aujourd'hui toutes les colonies de l'Europe sont dépeuplées par la prostitution.

J'exhorte, de toutes mes forces, les évêques de Rome à marcher sur les traces du grand Romulus, et à régénérer les courtisanes de ses états, en imposant des lois protectrices.

J'exhorte, de toutes mes forces, les Rois pontifes à être plus ennemis du crime que les autres souverains de l'Europe.

J'exhorte, de toutes mes forces, les Rois pontifes à remarquer que l'ancienne Rome grandissait lorsque les courtisanes roulaient la roche tarpéienne, et que Rome déclinait lorsqu'elle était souillée par les femmes impudiques.

Notre Napoléon, mortellement affligé des maux de l'Europe, propose un congrès pour la délivrer des fléaux qui la dévorent.

Quels sont les personnages capables de guérir les maladies politiques? J'enseigne aux Souverains de l'Europe, qu'il faut être Philosophe Géant pour être capable de faire un grand bien aux nations.

Un Philosophe Géant a un cœur grand comme le monde. Un Philosophe Géant placera la grandeur de l'Europe avant la grandeur de sa patrie. Si la France possédait cent Philosophes Géants, elle posséderait cent partisans de la grandeur de l'Angleterre. Si la fière Albion renfermait cent Philosophes Géants, elle renfermerait cent défenseurs de la grandeur de la France. Un philosophe Géant est le grand ennemi du despotisme, de la domination des nobles, des ravages des courtisanes. Un Philosophe Géant est le grand fauteur de la domination des lois et de l'esclavage des lois.

Biographie critique de Mahomet II.

Ce fameux Conquérant a renversé deux empires, subjugué douze royaumes, et il a conservé les pays conquis. La force matérielle suffit pour renverser deux empires et douze royaumes, mais pour les conserver il faut une forte somme de philosophie.

Trois grands devoirs sont prescrits aux conquérants par les philosophes. Le premier de ces devoirs consiste à respecter les religions des peuples vaincus, Mahomet a rempli parfaitement ce premier devoir, et en matière de religion, il est pour les Rois chrétiens un parfait modèle. Le second devoir prescrit par les philosophes, consiste à protéger la pudicité des femmes, Mahomet a rempli ce grand devoir, excepté pendant trois jours qui suivirent la conquête de Constantinople. Le troisième devoir prescrit par les philosophes consiste à enrichir les pays conquis, Mahomet a rempli admirablement ce grand devoir, il a diminué les impôts de plus de moitié, et il a exempté les chrétiens du service militaire, ce qui est un grand privilège.

Mahomet a été un grand fondateur de colonies, comme Romulus; il ne fut pas assez philosophe pour forcer les hommes au travail par une loi, mais il força indirectement ses sujets au travail, en punissant les voleurs par le supplice du pal. Mahomet II, conquérant de l'ancien empire d'Orient, serait digne d'admiration, si des actes de cruauté ne ternissaient point ses grandes actions.

Les Anglais, les Espagnols, les Français et les Autrichiens, ont conservé difficilement leurs conquêtes, parce qu'ils n'ont pas rempli les trois grands devoirs prescrits par les philosophes.

Biographie critique d'Odoacre, d'Alaric, de Théodoric, d'Alboin, chefs politiques de l'Italie dégradée.

Tous ces chefs furent pourvus d'une force matérielle plus grande que Romulus, et cependant ils passèrent comme un éclair. Théodoric fut philosophe, mais il ne le fut pas assez pour être un grand fondateur de colonies. A quelles causes faut-il attribuer le succès de Romulus? J'enseigne qu'il faut l'attribuer à la force de la constitution, à sa forte somme de la philosophie. A quoi faut-il attribuer les insuccès des nombreux chefs du Nord, qui fondèrent des colonies dans l'Occident? J'enseigne qu'il faut les attribuer aux faibles constitutions.

Théodoric, philosophe, croyait fonder une colonie puissante en protégeant les droits des peuples vaincus, il se trompa comme beaucoup d'autres, il créa une puissance éphémère.

Je conclus qu'il faut être Philosophe Géant pour fonder une colonie puissante.

Je conclus que Cécrops, Didon, Moïse, Romulus, Mahomet premier et Mahomet second, ont été des philosophes Géants, parce qu'ils ont fondé des colonies puissantes.

Les Français de nos jours sont-ils colonisateurs? Je réponds négativement, l'histoire du passé doit faire prévoir l'avenir. Les Français n'ont pu fonder des colonies puissantes à Jérusalem, en Italie, à Constantinople, à Saint-Domingue, à Madagascar, et notre colonie de l'Algérie languit. Cette longue suite de faibles succès me fait conclure que les Français ne conviennent pas pour fonder des colonies puissantes.

Pourquoi est-ce que les Français sont de faibles colonisateurs? J'enseigne que nos lois sont trop faibles pour fonder des colonies puissantes. M. Pradier, historien de la prostitution, apprend que la ville d'Alger renferme 508 filles publiques; l'admirable Didon, fondatrice d'un grand Empire en Afrique, ne toléra aucune fille publique. Le vol est puni faiblement en Algérie. L'admirable Didon forçait ses sujets au travail, jnsqu'à les faire périr sous le scorpion. Didon renfermait ses sujets dans l'union conjugale, et punissait le crime de l'adultère, par la peine capitale. Les falsificateurs des aliments étaient punis par le pal, par Mahomet; par la croix, par la philosophe Didon. Les falsificateurs des aliments, véritables homicides, sont traités avec une grande indulgence par les lois françaises. Comparons notre constitution avec celle de Romulus et nous serons forcés d'avouer que nos lois sont trop douces envers les malfaiteurs.

Paroles d'un marchand de vin.

Je parlais ainsi à un marchand de vin : les marchands de vin sont trop multipliés dans Paris, il y en a qui falsifient les vins, mais la police de Paris est vigilante et active. « Ce n'est point la loi, répond le marchand de vin, » qu'un falsificateur redoute, il ne craint que l'opinion » publique; lorsqu'un falsificateur a gagné trente mille » francs, s'il est pris, il se sauve avec quelques centaines » de francs. »

Ces paroles du marchand de vin : « *Ce n'est pas la loi* » *que craint un falsificateur,* » sont une condamnation sans appel des législateurs. Que sert une loi que l'homme ne craint pas. Que sert un législateur qui impose des lois que l'homme ne craint pas.

Je conclus qu'une vraie loi doit guérir l'homme de la maladie du crime.

Je conclus qu'une loi que l'homme ne craint pas est tout à fait inutile.

Que doivent faire les Européens pour fonder des colonies.

Ils doivent imposer aux colonies les lois de Romulus. Romulus ne força point ses sujets au travail par une loi, ce fut une imperfection. Romulus ne donna point aux femmes une éducation militaire, ce fut une imperfection ; il faut augmenter, par des exercices, la force du corps chez les femmes comme chez les hommes. Romulus consulta trop souvent le peuple sur la législation, les philosophes, seuls, comprennent les bienfaits des lois fortes.

Imperfection des lois de Moïse.

Moïse permit aux Juifs d'épouser des femmes étrangères, grande cause de corruption. Moïse favorisa la paresse des prêtres en leur accordant de grandes richesses et en n'exigeant pas des travaux très-grands. Moïse voulut trop gouverner les hommes par la religion. Moïse ne donna point aux garçons et aux filles une éducation militaire.

Imperfection des lois de la Chine.

Les lois de la Chine sont admirables pour rendre les hommes vertueux et pour les enrichir. Elles ne défendent pas les hommes contre le choléra, la peste, le typhus, la fièvre jaune, la lèpre, les dartres, les tubercules et le rachitisme.

Imperfection des lois de Solon.

Il fut trop populaire, il ne protégea pas assez la pureté des mœurs et ses lois en général furent trop faibles.

Imperfection des lois de Lycurgue.

Lycurgue fit une faute colossale, en n'élevant pas les ilotes au rang de citoyens, Lycurgue fit une faute colossale, en ne forçant pas son peuple au travail des terres. Lycurgue fit une faute colossale, en n'établissant pas le crime de l'adultère. Lycurgue fit une faute colossale, en plaçant des arrêts à la population. Le système du petit nombre d'enfants, fut la vraie cause de la décadence de Sparte. Lorsque cette république fut renversée par la puissance macédonienne, les soldats de Sparte étaient les premiers soldats du monde, il furent écrasés par le nombre.

Je conclus qu'une constitution parfaite n'a jamais existé.

RÉFLEXION.

Les imperfections des constitutions les plus célèbres apprennent aux législateurs de l'Europe que la science législative est très délicate et très-difficile. Si Minos, Solon, Lycurgue, après avoir étudié pendant trente ans avant de rédiger leurs constitutions, ont fait des fautes ; si une constitution parfaite n'a jamais existé, c'est parce qu'il n'y a rien de plus difficile que de constituer fortement les nations.

L'opinion publique s'élève faussement en France contre la loi qui punit les violateurs des filles mineures : l'abus des filles mineures est un crime impolitique. Ce crime peut faire périr un empire, en altérant la constitution des filles.

L'opinion publique veut que l'incontinence soit tolérée par les législateurs ; l'opinion publique est en défaut ; l'incontinence est impolitique ; elle altère le champ de la génération. Le mal vénérien, résultat de l'incontinence, dépeuple les colonies de l'Europe. Le Mexique est dépeuplé par le mauvais mal.

Généralement parlant, les législateurs doivent souvent résister à l'opinion publique, il faut être philosophe géant pour rédiger une constitution forte, il faut être philosophe pour en apprécier les bienfaits.

Je conclus que les colonies, que les empires, que les hommes sont ce que les législateurs les font.

DERNIÈRE RÉFLEXION.

Les Européens disent que les Français ne peuvent point fonder des colonies florissantes, parce qu'ils veulen les établir avec des hommes vicieux. Les Européens sont réfutés par le grand succès de la colonie de Romulus et par celle de Rollon.

Le peuple français commandé par Godefroy de Bouillon, en Palestine, avait autant de qualités que les fils de Jacob conduits par Moïse, et que les compagnons d'Enée, en Italie.

Enée et Moïse fondèrent des colonies puissantes, parce qu'ils furent de grands législateurs. Aujourd'hui les Européens ne peuvent point fonder des colonies, parce que leurs lois sont trop faibles.

Je conclus que les colonies sont ce que les législateurs les font.

Les Européens fort corrompus de nos jours sont incapables de fonder des colonies florissantes

Les Européens de nos jours ont besoins d'être régénérés par les lois pour être colonisateurs.

Pour placer une colonie dans la voie du progès il est absolument nécessaire de renfermer les colons dans l'amour conjugal.

Pour enrichir une colonie il faut accorder des priviléges aux culivateurs, en leurs demandant de très-faibles impôts.

HISTOIRE DES COLONIES

DEUXIÈME PARTIE.

Les peuples colonisateurs de l'Europe et de l'Amérique ont commis six fautes capitales.

Première faute capitale contre la physiologie.

Tous les peuples colonisateurs de l'Europe ont commis une faute capitale en s'établissant dans les plaines, sur les rivages de la mer et des rivières. Dans tous les pays du monde, en France, en Europe, les plaines et les rivages sont malsains; mais les plaines et les rivages sont plus malsains en Amérique que dans les autres parties de la terre. Le péché d'Adam a condamné l'homme au travail, et l'homme doit combattre contre les miasmes, contre le choléra, contre la peste, contre la fièvre jaune et contre la famine. Les sauvages de l'Amérique aiment s'établir dans le voisinage des fleuves à cause de la grande ressource du poisson, et leurs colonies sont détruites par la fièvre jaune comme les colonies des Européens. Sur les seules rives de l'Amazone l'on trouverait trois cents établissements abandonnés par les indigènes. L'on reproche aux Européens d'avoir dépeuplé le Nouveau-Monde; mais il est certain que les miasmes des plaines sont la grande cause de la dépopulation de l'Amérique.

Question économique.

Est-il possible d'assainir l'Amérique? Je réponds négativement. Il faudrait une population chinoise pour dessécher les plaines immenses du Nouveau-Monde; les étrangers et les indigènes doivent nécessairement s'établir sur les hauteurs. La faute de nos compatriotes doit servir de leçon aux Européens colonisateurs. La Nouvelle-Orléans, bâtie sur les rives du Mississipi, est malsaine, et, dans la saison des miasmes, les habitants abandonnent la ville et se retirent sur des montagnes pour n'être point tordus par la fièvre jaune.

Que doivent faire les Européens colonisateurs? Dans l'Afrique, dans l'Amérique, dans l'Asie, dans l'Océanie ils doivent fonder leurs établissements sur des hauteurs à une lieue des rivages et des marais, et se persuader qu'il faut des bras nombreux pour assainir un pays d'une médiocre étendue.

Seconde faute capitale commise par les peuples colonisateurs de l'Europe, de nos jours.

Tous les gouvernements de l'Europe se sont flattés d'établir des colonies avec des hommes vicieux, et de remplacer les bagnes et les prisons par les colonies. Tous les gouvernements européens ont donné dans une immense illusion; les coupables ou les repris de justice transportés dans le Nouveau-Monde n'ont pas été régénérés; les colons vicieux jouissant de la liberté ont commis toutes les fautes et les crimes dont ils étaient coupables dans les métropoles. Les colons vicieux, dépouillés de la liberté, ont souvent déserté la colonie, ils se sont réfugiés chez les sauvages, et ils ont combattu contre la colonie, contre leur nouvelle patrie comme des Coriolan.

Montesquieu a dit : « Pour vivre en république il faut » des vertus. » Pour moi, je dirai après Montesquieu, qu'il faut des vertus pour fonder des colonies florissantes. Les vertus des métropoles de l'Europe de nos jours sont insuffisantes pour créer des nations nouvelles. Les lois de l'Europe de nos jours sont imparfaites et incapables d'enfanter des colonies florissantes.

Pour appuyer ce que j'avance, je cite un exemple. La France métropole n'a pas un impérieux besoin d'une loi pour favoriser la population, tandis que la France africaine a besoin d'une loi pour protéger la propagation. Tous les célèbres fondateurs des colonie ont porté des lois tendant à peupler les nations naissantes.

Que faut-il faire pour peupler une colonie? Une seule chose : il faut frapper les femmes impudiques par une terrible proscription. Nos Brennus en Espagne et en Italie, le grand Romulus sont de parfaits modèles.

Moïse, Romulus, les Brennus, nos ancêtres, ont peuplé promptement les nations qu'ils ont créées en exterminant les femmes impudiques. Il est facile de peupler promptement une colonie, il suffit de proscrire les femmes impudiques. Cette France africaine qui fait la gloire de la France est dépeuplée par les femmes impudiques et le mal vénérien. Toutes les colonies françaises et toutes les colonies européennes de nos jours sont dépeuplées par le mal vénérien ce qui ne fait pas honneur aux législateurs de l'Europe.

Troisième faute capitale commise par les peuples colonisateurs de l'Europe.

Les gouvernements européens ont donné dans l'illusion la plus grossière en voulant fonder des colonies avec des citadins. Les citadins sont absolument incapables de supporter les travaux de l'agriculture. C'est ce qui m'a déterminé à combattre la propagation générale de l'instruction avec une plume de feu; parce que la littérature la plus faible détourne les deux sexes de toutes les professions manuelles, et parce que la désertion de la culture menace l'Europe d'un cataclisme.

Je conclus qu'il faut être accoutumé dès l'enfance aux travaux de la terre pour être capable de les supporter.

Je conclus que les journaliers capables de barbouiller un morceau de lettre ne veulent pas être journaliers.

Je conclus que les gouvernements de l'Europe doivent tout faire pour multiplier les cultivateurs.

Haute question philosophique.

Quels sont les hommes propres à fonder des colonies florissantes, riches et puissantes? Le mot colon dit tout : l'on ne peut fonder des colonies qu'avec des cultivateurs, des forgerons, des maçons, des charpentiers, des pionniers, des scieurs de long, quelques médecins et quelques simples prêtres. L'on peut me dire que dans une société, il faut des cuisiniers, des épiciers, des logeurs : je réponds que toutes ces professions peuvent-être remplies par les femmes.

Tous les peuples colonisateurs de l'Europe ont fait la grosse faute de fonder des colonies avec des citadins; mais le gouvernement du Brésil, et le gouvernement français viennent de faire cette grosse faute sur une grande échelle, ce qui a été funeste au Brésil et à l'Algérie. Depuis Noé jusqu'à nos jours, on a fondé des colonies florissantes avec des cultivateurs et non avec des hommes incapables de supporter les travaux de l'agriculture.

Quatrième faute capitale commise par les peuples colonisateurs de l'Europe.

Tous les gouvernements européens ont fait la grosse faute de ne pas considérer les climats. Les huit dixièmes des colons européens transportés en Amérique ou en Afrique n'ont pas pu supporter le soleil brûlant de l'Afrique ou de l'Amérique. Des colons ont trouvé un tombeau dans les colonies, d'autres sont revenus en France pour rétablir leur santé. J'ai entendu dire à Lyon par les habitants qu'ils avaient vu partir les colons pour l'Algérie et qu'ils les avaient vus revenir pour rétablir leur santé.

Quelle faute a commise le gouvernement français relativement au climat? Le gouvernement français a pris des colons dans tous les départements de la France, dans le Nord et dans le Centre, dans la Suisse et les pays voisins de l'Alsace. Ces colons n'ont pas pu supporter le soleil brûlant de l'Afrique. Le gouvernement français devait choisir ses colons dans le Midi de la France, alors les colons auraient très-peu changé de climat.

Je défends mes assertions par des faits historiques.

J'ai lu dans les journaux que les évêques de Marseille et de Montpellier ne pouvaient supporter la grande chaleur de ces villes. En passant à Alais pour revenir à Clermont, je raconte à un soldat que la chaleur de Montpellier m'avait rendu malade. « Nous sommes tous Alsa-
» ciens et la chaleur nous a rendus tous malades et quel-
» ques-uns sont morts. » En descendant de Lyon à Marseille j'ai entendu dire par des Français qui revenaient de l'Afrique que le climat d'Alger ressemblait à celui de Marseille.

Haute question politique.

Ces faits historiques me conduisent à une haute question politique. Il est certain et très-certain que la mortalité n'aurait pas été si grande en Afrique, parmi nos soldats, si ceux-ci avaient été choisis dans les département, du Midi de la France. Les Français du Midi de la France transportés en Afrique n'auraient pas été décimés si souvent par les maladies. Un auteur français s'exprime ainsi :
« Toutes les fois que nous avons perdu dix mille hommes
» dans l'Algérie, neuf mille sont morts de diverses maladies. »

OBJECTIONS.

L'on peut m'objecter que nos ancêtres établirent des colonies florissantes en Italie, en Espagne et dans la Galatie.

Je réponds que les Gaulois, nos ancêtres, en Italie, en Espagne et dans l'Asie changèrent très-peu de climat. La chaleur de la Lombardie n'est pas plus grande que celle de Montpellier. En Espagne, le soleil est brûlant, mais les nuits sont froides. Je prie mes lecteurs de remarquer que les Européens de nos jours, transportés dans le Midi de l'Amérique changent entièrement de climat, et il faut se persuader que la grande différence du climat est un grand obstacle à la prospérité des colonies de nos jours fondés dans le Nouveau-Monde et ailleurs.

Cinquième faute capitale commise par les peuples colonisateurs de l'Europe.

Tous les gouvernements colonisateurs de l'Europe ont trop maltraité les indigènes en Amérique et ailleurs. Les colonies Européennes dans le Nouveau-Monde ont toujours été entourées d'ennemis qui ont fait un grand tort aux nations naissantes. Tous les gouvernements colonisateurs de l'Europe ont employé la force matérielle séparée de la force morale pour rendre florissantes leurs colonies.

L'épée séparée de la philosophie ne fait rien de bon.

Les fondateurs des colonies ont trois grands devoirs à remplir : ils doivent respecter la religion des colons et des indigènes; les fondateurs des colonies doivent protéger la pudicité des femmes; les fondateurs des colonies doivent enrichir les colons et les indigènes. Je les dis en gémissant, ces trois grands devoirs ont souvent été violés; ce que cent écrivains enseignent et ce que tout le monde connai fort bien.

Question de l'Algérie.

Quels sont les devoirs du gouvernement français dans l'Algérie et dans toutes ses colonies? Les philosophes prescrivent aux conquérants, aux chefs politiques pacifiques, aux fondateurs des colonies trois grands devoirs. Ils doivent respecter la religion des peuples; il doivent protéger la pudicité; ils doivent enrichir les peuples vaincus, les indigènes et les colons.

Le gouvernement français en matière de religion a donné à l'Europe et au monde le sage exemple de la torance. Le gouvernement français n'a pas assez fait pour enrichir les indigènes; les Arabes ont besoin d'être forcés au travail par des lois pénales, sages et sévères. Le gouvernement français à tout à se reprocher pour ce qui concerne la pudicité des femmes. L'on raconte que les Français dans l'Algérie cherchent à séduire les femmes de toutes les classes, de toutes les conditions et de toutes les couleurs.

Je ne condamne pas la force matérielle dans l'Algérie; elle est d'une nécessité absolue; mais j'enseignerai toujours et toujours que l'épée séparée de la philosophie ne fait rien de bon.

Sixième faute capitale commise par les peuples colonisateurs de l'Europe de nos jours.

Tous les peuples colonisateurs de nos jours sont persuadés que les lois qui font la grandeur des métropoles sont capables de faire la grandeur des colonies; ils se font une grande illusion.

Je prends la Grande-Bretagne pour exemple : La Grande-Bretagne, matériellement parlant n'a pas besoin de loi pour peupler la métropole; cependant toutes ces colonies ont un besoin absolu de plusieurs lois pour favoriser la population.

Problème de la propagation.

Est-il bien difficile de peupler un pays? Il n'y a rien de

si facile. Pour peupler une colonie il suffit de renfermer les colons dans l'amour conjugal; il suffit de porter une loi qui frappe les femmes publiques de la plus terrible proscription. Je conclus qu'une seule loi suffit pour peupler une colonie. Le grand Romulus peupla sa colonie rapidement en ne tolérant pas les femmes impudiques. Bellovèze en Italie, peupla sa colonie en faisant brûler vives les filles publiques; Moïse peupla sa colonie dans la Palestine en renfermant les Juifs dans l'amour conjugale.

Quels sont les obstacles à la population? La tolérance des femmes impudiques suffit pour dépeupler un pays. Notre colonie d'Algérie est dépeuplée par le mal de Vénus. A Clermont-Ferrand, vingt hommes sur cent périssent du mal de Vénus avant leur course. Tous les ans à Clermont-Ferrand, un grand nombre de familles sont éteintes par le mal de Vénus. Toutes les colonies européennes de nos jours sont dépeuplées par le mal de Vénus, l'Union américaine est l'unique exception. Les statistiques apprennent que dans la grande majorité le nombre des décès dépasse celui des naissances dans les colonies.

Je conclus que la tolérance des femmes impudiques est la cause la plus grande de dépopulation des colonies européennes de nos jours.

Je conclus que l'Europe s'est épuisée en créant la fameuse république du Nouveau-Monde.

Je conclus que l'Europe, de nos jours, est incapable de fonder des colonies florissantes sans réformer son régime colonial.

Je conclus que la proscription des femmes impudiques est le moyen principal pour peupler les colonies européennes de nos jours.

Réfutation des doctrines enseignées par M. Duval dans l'École de médecine de Paris.

M. Duval s'exprime ainsi : » La colonisation est le » moyen de déverser sur les pays incultes le trop-plein » des populations européennes. » Ces paroles de M. Duval, renferment une erreur grave. Les bras en Europe manquent à la culture, et cette Europe est menacée du grand fléau de la famine; cette Europe en opprimant les cultivateurs s'expose à être réduite de manger de la chair humaine comme dans notre colonie d'Afrique. Le mot colon dit tout.

Un colon doit être cultivateur, et les cultivateurs manquent généralement dans la France et dans l'Europe. L'indigence des cultivateurs coïncide avec l'encombrement des villes; mais les citadins sont incapables de supporter les travaux de l'agriculture.

M. Duval s'exprime ainsi : » Les colonies sont des » centres de régénération. » Ces paroles de M. Duval sont capables d'induire les gouvernements en erreur, les faits et l'expérience apprennent que les hommes qui ont été vicieux dans les métropoles sont vicieux dans les colonies; l'emploi des hommes vicieux pour fonder des colonies est une des grandes causes de la décadence des colonies.

Je conclus que les lois pénales sages et sévères sont le moyen principal pour régénérer les hommes vicieux.

Je conclus que le grand Romulus et que Rollon ont régénéré leurs sujets vicieux par des lois terribles.

Je conclus que les savants de l'Europe qui veulent régénérer avec la généralisation de l'instruction sont des sophistes dangereux.

M. Duval s'exprime ainsi : » Nous rendons un service » immense à l'humanité en répandant notre civilisation

» dans les pays où nous fondons des colonies. » La civilisation est un mystère pour les Européens, parce que les philosophes n'ont pas encore donné une définition de la civilisation. Pour moi je suis persuadé que les Européens sont barbares parce qu'ils ne respectent pas la vie de leurs semblables sur les champs de bataille ; parce qu'ils déclarent la guerre sans consulter un jury.

M. Duval s'exprime ainsi : « l'Algérie est un vaste dé-
» bouché pour le commerce de la France et bientôt cette
» colonie sera pour la métropole une source de richesse.»
Ces paroles renferment des erreurs. On dit que cette colonie nous a dévoré plus de quatre cent mille soldats : on dit qu'elle a englouti plus de quatre milliards.

Je conclus que cette colonie est incapable d'indemniser la France pour les énormes sacrifices qu'elle a faits pour la rendre florissante.

J'exhorte de toutes mes forces les Français et les Européens à se persuader qu'ils sont incapables de fonder des colonies florissantes.

Les philosophes anglais exhortent le gouvernement à émanciper toutes les colonies qui peuvent se passer de la protection de la métropole, parce que les colonies sont les tombeaux d'un grand nombre de soldats, parce que les colonies versent peu d'argent dans le fisc, parce que les colonies sont utiles seulement aux employés et à quelques marchands. Les philosophes anglais sont persuadés que les colonies ne sont pas étrangères à la dette fabuleuse de la Grande-Bretagne.

L'on me dit que l'art de coloniser a existé dans tous les temps. L'on me dit que tous les grands peuples de l'Europe et de l'Univers doivent leur naissance à des colonies faibles dans leurs premiers établissements, et l'on me dit que l'art de coloniser existe encore; l'on me dit que la décadence des colonies vient des fautes des gouvernements.

Je réponds aux objections par l'histoire.

Nous voyons les Romains vertueux fonder des colonies pour protéger leurs conquêtes, et nous voyons sous Auguste, les Romains vicieux incapables de fonder des colonies florissantes, et nous voyons l'Italie dépeuplée avoir besoin de colonies étrangères pour cultiver les terres abandonnées.

Nous voyons dans l'histoire les Musulmans fonder dans le huitième siècle des colonies florissantes, et nous voyons aujourd'hui tous les pays musulmans dépeuplés appeler des Chinois pour cultiver leurs terres. Nous voyons dans l'histoire les Bellovèse, les Sigovèse, les Brennus fonder des colonies florissantes, et nous voyons dans l'histoire les Français établir des fantômes de colonies dans la Palestine, à Constantinople, à Palerme, dans l'Asie, l'Afrique et l'Amérique.

Quelles sont les causes des succès des colonisateurs anciens? Quelles sont les causes des insuccès des colonisateurs modernes?

J'enseigne que la corruption est la grande cause de la décadence des colonisateurs modernes. Aujourd'hui notre colonie d'Afrique est dépeuplée par le mal de Vénus, tandis que le mal de Vénus était inconnu dans la colonie de Bellovèse en Italie. Dans le huitième siècle de pieux Musulmans élevaient cent enfants pour augmenter le nombre des défenseurs du Coran, aujourd'hui les Musulmans veulent se voir entourés de femmes sans se voir entourés d'enfants.

Je conclus qu'un peuple corrompu cesse d'être colonisateur.

Je conclus qu'il faut des vertus chez un peuple pour être colonisateur.

Je conclus que le peuple Chinois est colonisateur parce qu'il est vertueux.

Je conclus que les Romains vertueux, que les Gaulois vertueux, que les Musulmans vertueux étaient colonisateurs.

Haute question philosophique.

Est-il possible de rendre vertueux un peuple tombé dans les abîmes de la corruption? Je réponds affirmativement : Les philosophes du premier ordre enseignent qu'un code pénal sage et sévère est le moyen principal pour rendre l'homme vertueux. Les philosophes géants enseignent que la religion et que l'instruction sont des moyens secondaires pour régénérer les hommes. Les grands philosophes enseignent que l'homme n'aime point les vertus, et qu'il a besoin d'être forcé par les lois pénales à pratiquer la vertu.

Je conclus que les Chinois plus vertueux que les chrétiens doivent leur sagesse aux lois fameuses qui ont fait vivre avec gloire le Céleste-Empire pendant quarante siècles.

Colonisation du Brésil.

Le gouvernement du Brésil offre aux colons européens les avantages les plus grands. Lorsqu'un colon de l'Europe ou de l'Asie arrive à Rio-Janeiro, sans posséder un centime, il peut en peu d'années devenir un riche propriétaire s'il a de bons bras; les talents ne sont pas nécessaires.

Le gouvernement reçoit les colons dans un asile où on leur accorde une nourriture bonne pendant quelques jours pour se reposer. Un colon sans un centime, sans talents et sans littérature comme ouvrier terrassier gagne quatre francs par jour, il peut vivre et se loger avec un franc, ce colon dans quatre années peut réaliser deux mille francs, et pour cette somme il peut acheter au gouvernement un ou deux hectares de terre suivant la qualité du terroir. Le colon au Brésil est exempt du service militaire et de tout impôt pendant six ans. Lorsque le colon a cultivé le lot de terre acheté, il est tout d'un coup un riche propriétaire.

J'appelle ici l'attention des gouvernements de la France, de l'Europe et de l'Asie.

Le gouvernement du Brésil n'a pas réussi malgré ses efforts à doter le jeune Empire américain d'un nombre suffisants de cultivateurs, parce qu'il a pris ses colons dans les villes et dans les climats froids. Les citadins ont été incapables d'une manière absolue de supporter les travaux de l'agriculture. Les paysans que le Brésil a pris dans l'Alsace, dans l'Allemagne, dans la Suisse et le centre de la France n'ont pas pu supporter le soleil brûlant du Brésil pour leur grand malheur.

CONCLUSION.

J'appelle l'attention des colonisateurs :

L'on ne peut fonder des colonies qu'avec des cultivateurs, des maçons, des forgeurs, des pionniers et des scieurs de long.

Les cultivateurs nés dans le centre de l'Occident de

l'Europe sont incapables de supporter le soleil brûlant du Brésil.

Le jeune Empire américain aurait enrichi ses provinces par un grand nombre de cultivateurs s'il avait pris ses colons dans le midi de la Chine ou dans l'Indoustan.

J'appelle l'attention des colonisateurs :

M. Duval et tous les écrivains encouragent les gouvernements de l'Europe à fonder des colonies afin de répandre notre civilisation.

Chose incompréhensible! M. Duval et les écrivains de la France donnent ensemble dans une immense illusion. Tous les Européens en Amérique, en Asie, en Afrique ont violé les trois grands devoirs prescrits par les philosophes sur une échelle plus ou moins grande. Ils n'ont pas respecté la religion des vaincus; ils ont abusé des femmes et ils ont ruiné les pays conquis.

Je conclus que le Nouveau-Monde a été un grand théâtre des crimes et de la barbarie des Européens.

J'appelle l'attention des peuples colonisateurs :

J'exhorte les peuples colonisateurs à mettre au concours la fameuse question des colonies. Si l'on accorde une récompense à celui qui perfectionne un instrument d'agriculture, l'on peut fort bien accorder un prix à celui qui enseignera l'art de créer des nations et des empires.

J'appelle l'attention des colonisateurs :

Quel est le peuple le plus apte pour fonder des colonies? Les Chinois sont, sans contredit, les colonivateurs par excellence. Le Chinois aime la culture; il est le plus habile cultivateur de l'univers; il se renferme dans l'amour conjugal, il élève une nombreuse famille et se soumet aux lois parfaitement et sincèrement.

Je préviens les colonisateurs de l'Europe qu'il faut faire

attention aux climats. Si l'on veut transporter des colons dans les pays chauds, il faut choisir des cultivateurs dans le midi de la Chine; si l'on veut transporter des colons dans des pays froids, il faut les prendre daus le nord du Céleste-Empire.

Tous les peuples du monde, depuis Noé, jusqu'à nos jours ont été colonisateurs dans des époques de vertus : une fois tombés dans la corruption ils ont cessé d'être capables de fonder des colonies florissantes. Les Egyptiens, les Grecs, les Gaulois, les Romains, les Musulmans vertueux fondèrent des colonies florissantes. Tous ces peuples aujourd'hui corrompus sont incapables de fonder des colonies florissantes.

Les Anglais, hommes de mœurs, ont fondé dans l'Amérique des colonies florissantes dans le seizième siècle, dans le dix-neuxième siècle, les Anglais comme les autres peuples de l'Europe sont incapables de fonder des colonies florissantes parce qu'ils sont aussi corrompus que les Français.

L'Algérie est le tombeau des Français. L'Algérie est un gouffre de l'argent des Français. L'Algérie est un grand théâtre de la corruption des Français.

L'histoire du monde, depuis Noé jusqu'à nos jours, apprend qu'un peuple corrompu n'a jamais fondé une colonie florissante. Contre l'opinion publique, j'exhorte de toutes mes forces les Français à renoncer aux conquêtes, aux colonies et aux interventions.

J'exhorte de toutes mes forces les Français à se persuader que deux colonies comme celle de l'Algérie seraient au-dessus des forces de la France.

HISTOIRE

DU

Progrès et de la Décadence

DU

CHRISTIANISME

Premier Siècle.

Le premier siècle est célèbre par la naissance de Jésus-Christ à Bethléem, petite ville du royaume de Judā, la prédication de l'Evangile commença le jour de la Pentecôte. Saint Pierre, premier pape, entra dans Rome la seconde année du règne de Claude. Les progrès de l'Evangile furent si prompts que saint Paul disait vingt ans après l'établissement de l'Eglise : « La foi se fortifie au « milieu de toutes les nations du monde. »

L'an 64 de l'ère chrétienne, Néron persécuta les chrétiens ; cet empereur fit trancher la tête à Paul et crucifier Pierre. Je prie mes lecteurs de remarquer que cette persécution n'a pas retardé les progrès du christianisme.

Deuxième Siècle.

L'Église naissante, persécutée, remplit toute la terre; elle est dans la Palestine, la Syrie, l'Egypte, l'Asie Mineure, la Grèce; elle fleurit en Occident, en Italie, dans les Gaules, en Espagne, dans l'Afrique, la Germanie, et dans tous les pays connus. Le sang qui coule est une semence de chrétiens.

Question philosophique.

J'appelle ici l'attention des législateurs de l'Europe. Quelles sont les causes des progrès rapides et incompréhensibles du Christianisme? Les grandes vertus des prêtres sont les vraies causes des progrès du christianisme. Les prêtres, enrichis par les offrandes des fidèles, ouvraient leurs appartements à tous les malheureux indigents et étrangers et ils partageaient avec eux leur pain en leur procurant le précieux don de la foi, les prêtres étaient des défenseurs si dévoués pour leurs frères qu'ils donnaient leur vie pour leurs brebis.

J'appelle ici l'attention des législateurs européens. Pendant le premier et le deuxième siècle, le christianisme fut persécuté, il ne fut jamais protégé par les empereurs romains, et cependant ses progrès furent rapides d'une manière incompréhensible. Pline-le-Jeune trouve la province de Béthanie remplie de chrétiens vertueux et il consulte Trajan sur la conduite qu'il doit tenir à leur égard. On dit que Trajan, dans sa réponse, lui défendit de les rechercher pour leur religion.

Troisième Siècle.

Les camps, le sénat et le palais des empereurs sont remplis de chrétiens dans le troisième siècle; le milieu de ce siècle nous offre une époque bien mémorable. Le pape saint Fabien envoya dans les Gaules plusieurs intrépides missionnaires qui fondèrent nos anciennes églises.

J'exhorte nos législateurs à remarquer que le christianisme souvent persécuté, protégé uniquement par les vertus des prêtres a toujours été en progrès.

Quatrième Siècle.

Le quatrième siècle présente un spectacle bien étonnant et bien déplorable. Les persécutions n'avaient pas arrêté les progrès du christianisme pendant trois siècles et demi parce que le christianisme était protégé par les vertus apostoliques des prêtres. Lorsque le grand Constantin eut entrepris de protéger la nouvelle religion en donnant des richesses aux prêtres, les progrès du christianisme furent moins grands, parce que les vertus des prêtres furent moins grandes.

La faute de Constantin est commise aujourd'hui par tous les gouvernements de l'Europe. Le législateur céleste a condamné la richesse du clergé, et cependant tous les législateurs terrestres sont partisans de la richesse des prêtres. En donnant des richesses aux prêtres, Constantin corrompit le clergé, il attira dans le corps écclésiastique des sujets qui n'étaient pas faits pour être prêtres et qui étaient incapables de pratiquer les vertus apostoliques. Il ne faut à la religion ni protection ni persécution ; cependant les protections imprudentes sont plus funestes que les persécutions.

Paroles d'un prêtre.

Je déclare à un prêtre éclairé mon projet de réfuter Bossuet. « Que pouvez-vous reprocher à Bossuet? Nous » l'admirons tous me dit ce prêtre. »

Bossuet fait trop un devoir aux rois de protéger la religion, l'histoire apprend que les rois ont bouleversé la religion en la protégeant imprudemment. « Nous croyons » tous que les protections imprudentes des rois ont été » plus funestes au christianisme que les persécutions et » vous n'enseignerez pas une vérité nouvelle. »

J'appelle l'attention des législateurs :

Il est certain et très-certain que les persécutions n'ont pas arrêté les progrès du christianisme. Il est certain est très-certain que les protections imprudentes ont arrêté les progrès rapides de la religion chrétienne. Il est certain et très-certain que la richesse du clergé attire dans l'église un grand nombre de faux prêtres, incapables d'édifier par de grandes vertus.

L'astucieuse persécution de l'empereur Julien aurait été probablement aussi funeste au christianisme que l'imprudente protection de son oncle le grand Constantin, mais ce dangereux persécuteur périt en Asie dans une grande bataille. L'empereur Julien fut un homme extraordinaire, rempli des plus grandes qualités; mais il eut le grand malheur de trop se mêler de religion. Les religions ne regardent point les souverains étrangers à la théologie.

RÉFLEXION.

Que doivent à la nouvelle religion le grand Constantin, le célèbre Julien et le grand Théodose? Ils ne doivent que la tolérance. Constantin et Théodose furent plus funestes au christianisme en le protégeant imprudemment que le trop célèbre Julien en le persécutant. Aujourd'hui tous les souverains de l'Europe protégent la religion chrétienne imprudemment et ils sont coupables en se mêlant trop de religion.

Cinquième Siècle.

« Les vertus apostoliques, les siècles de ferveur ont » disparu, disent les historiens. » Saint Jean Chrysostôme fut fortement étonné et blessé en voyant chez les prêtres un si grand relâchement. L'histoire de l'Église apprend aux législateurs que la fragilité humaine est très-grande, que les hommes tombent promptement dans la corruption. La persécution de saint Jean Chrysostôme est le grand scandale du cinquième siècle et une grande tache pour Théodose le jeune et pour son épouse Eudoxie.

C'est dans le cinquième siècle que Clovis, fondateur de la monarchie française, reçut le baptême de la main de saint Remi, évêque de Reims. Les hommes apostoliques n'avaient pas entièrement disparu dans l'Occident, les grandes vertus de plusieurs saints furent admirées des barbares qui inondèrent l'Empire romain. Les vertus apostoliques de quelques pasteurs n'arrêtèrent pas les dévastations des barbares; mais elles les diminuèrent à la grande gloire du christianisme.

Sixième Siècle.

Presque tous les écrivains s'expriment ainsi :

» Le sixième siècle nous offre en Orient le règne intéres- » sant de l'empereur Justinien, de qui nous tenons un » recueil de lois fondées sur le christianisme. Cet empereur, » zélé partisan de la religion, porta sur le trône les plus » grandes qualités. »

De nombreux écrivains ont faussement jugé l'empereur Justinien. Ce trop célèbre empereur, le grand Constantin, Théodose et Charlemagne ont été les fléaux du christianisme en le protégeant imprudemment; l'empereur Justinien fut un grand persécuteur des dissidents, il ruina les cultivateurs en les accablant d'impôts, il accorda aux prêtres des priviléges trop grands, il favorisa trop les couvents, il s'amusa trop à enrichir et à bâtir des églises, il augmenta le paupérisme en ruinant les cultivateurs, il accabla tellement d'impôts les paysans qu'il les détermina à abandonner leurs terres pour se débarrasser des impôts. Telles furent les grandes qualités et les grandes actions du trop célèbre Justinien, empereur d'Orient.

Le sixième siècle fut illustre par le pontificat de saint Grégoire-le-Grand. Ce saint pontife a augmenté les conquêtes du christianisme en se déclarant le grand défenseur des peuples. Les Anglais, les Lombards dûrent leur conversion à son grand cœur.

RÉFLEXION.

Pourquoi est-ce que les progrès du christianisme sont arrêtés aujourd'hui? C'est parce que les hommes apostoliques ont disparu. Si le monde se remplissait d'hommes apostoliques comme dans les premiers siècles de l'Eglise, le monde se remplirait d'adorateurs du Christ. Dans le moyen-âge, le christianisme a été en décadence, parce que des apôtres ont manqué pour le défendre et le propager. Que doivent faire les chefs politiques pour protéger la religion et remplir le monde de vertus apostoliques? Les chefs politiques, les sénateurs, les législateurs doivent cesser de protéger imprudemment la religion. Ils ne doivent point se mêler de religion.

Septième Siècle.

Le septième siècle doit sa grande célébrité au fondateur de l'empire des Arabes. Mahomet, originaire de la Mecque, prêche qu'il a reçu du Très-Haut la mission de réformer les religions des peuples.

La nouvelle doctrine se répand avec un succès incroyable ; dans dix années l'Arabie est soumise, les vicaires du Prophète dominent dans la Syrie, la Palestine, l'Afrique et dans bien d'autres contrées. Les succès de la doctrine de Mahomet sont des mystères pour les demi-penseurs.

Je donne raison des succès du mahométisme qui paraissent incompréhensibles. Mahomet et ses successeurs remplirent les trois grands devoirs prescrits par les philosophes : ils respectèrent les religions des peuples vaincus; ils protégèrent la pudicité des femmes et ils enrichirent les pays conquis. Les auteurs qui ont écrit que Mahomet a établi sa religion avec l'épée sont coupables d'une atroce exagération ; les chefs musulmans exigeaient de ceux qui n'embrassaient pas la foi musulmane un impôt très léger. Mahomet II, conquérant de Constantinople, étonna les Grecs en leur imposant des impôts très-légers en comparaison de ceux qu'ils payaient aux empereurs chrétiens.

Un historien qui se pique de philosophie s'exprime ainsi : « En 622 de notre ère, Mahomet, exterminateur, » fonde une religion qui a encore pour base, pour principe, » pour élément, la force matérielle. »

Je réfute cet historien par l'histoire. Le vieil Abubeker, premier successeur de Mahomet, fait la conquête de la Palestine après avoir culbuté les Romains, il prend aux vaincus deux francs par jour pour sa propre dépense ; un désintéressement pareil est incroyable pour les sophistes de l'Europe. Il est certain que la grandeur des Arabes est due plus à la force morale qu'à la force matérielle.

Un autre historien qui se pique de philosophie s'exprime ainsi : « Omar, second successeur de Mahomet, fut un des » plus rapides conquérants qui aient désolé la terre. »

Je réfute cet historien par l'histoire. Lorsque Amrou,

lieutenant du calife Omar, prince des fidèles, vint envahir l'Egypte avec une armée, l'an 639 de notre ère, il ne rencontra qu'une faible résistance, parce qu'Omar, par ses promesses, avait subjugué les cœurs des populations. Amrou livra quelques petits combats aux troupes de l'empereur Héraclius, et la conquête de l'Egypte fut faite. Amrou, gouverneur de l'Egypte qu'il avait conquise, réorganisa le pays ruiné par les taxes exhorbitantes des empereurs d'Orient et fonda la ville de Fausta.

Je conclus que les Arabes doivent leur grandeur plus àleur philosophie qu'à leurs épées.

Des historiens disent que la chasteté eut ses martyrs dans les pays conquis par les Arabes. Ces historiens sont tellement exagérateurs qu'ils sont violateurs de la vérité. Les sectateurs du Coran ont rempli plus parfaitement que les Romains les trois grands devoirs prescrits par les philosophes aux conquérants et aux chefs politiques. J'exhorte mes lecteurs à faire attention que les auteurs français ont écrit l'histoire des Musulmans avec une partialité inconvenante.

Huitième Siècle.

Le huitième siècle de notre ère est célèbre par la grande figure de notre Charlemagne. Un historien qui se pique de philosophie s'exprime ainsi : « Le souvenir de Charle-
» magne réveille les plus nobles souvenirs. Il fallut un
» prince tel que Charlemagne pour donner à la France
» une splendeur si étonnante. Charlemagne, le héros de la
» France et de l'Univers, le modèle des grands rois, la
» gloire de l'humanité fut le rival d'Alexandre et de César
» par ses actions militaires et il les surpassa par ses
» vertus. »

Bossuet dans son discours sur l'histoire universelle tient un pareil langage. Montesquieu et l'abbé de Mably font de Charlemagne le tableau le plus brillant. En un mot, tous les écrivains parlent de Charlemagne avec une espèce d'admiration. M. Wautier d'Halluvin, professeur d'histoire, s'exprime ainsi, en parlant de la décadence de l'empire de Charlemagne : « La chute de cet empire était » inévitable. Etait-il possible de maintenir sous une » domination forcée tant de peuples de mœurs et d'origine » différentes ? Charlemagne était la seule colonne de sa » grandeur, quand la mort eut renversé cette colonne » l'édifice dut s'écrouler. »

M. d'Halluvin est un professeur qui se pique de philosophie, et je le réfute par l'histoire. Depuis Pierre-le-Grand empereur de Russie, dix, quinze, vingt troupeaux de nations de mœurs différentes, de souches différentes, de religions différentes se pressent autour des trônes des czars et des czarines de la Russie et ce vaste empire est en progrès sous tous les rapports.

Haute question philosophique.

Quelles sont les causes de la décadence de l'empire de Charlemagne? Et quelles sont les causes de la grandeur toujours croissante de l'empire de Russie?

L'empire de Charlemagne a été promptement démembré parce que ce conquérant a ruiné les cultivateurs pour faire ses guerres, pour enrichir ses compagnons d'armes, pour enrichir les prêtres, les églises et les couvents.

Je conclus que la décadence de l'empire de Charlemagne est logique.

L'Empire de Russie est en progrès parce que Pierre-le-Grand et tous ses successeurs se sont déclarés les grands défenseurs des cultivateurs; parce que les hommes et les femmes qui ont porté la couronne de Russie ont tous travaillé à enrichir les serfs et les cultivateurs.

Je conclus que la solide grandeur de la Russie est aussi logique que la décadence de l'empire de Charlemagne.

Je conclus contre les sophistes que l'art de gouverner les hommes consiste dans l'art de les enrichir.

Je conclus que la grande supériorité de Napoléon-le-Grand sur le roi Bourbon vient de la sagesse qui portait le héros de la France à enrichir tous les Français.

Portrait de Charlemagne.

Charlemagne a été très-religieux, sa religion n'a pas été éclairée; en protégeant le christianisme très-imprudemment, ce grand prince a été le grand fléau de la religion. La boucherie de six mille Saxons, violateurs du jeûne, est un acte formidable qui fait horreur. Charlemagne punissant le viol du jeûne par la peine capitale et tolérant l'incontinence des prêtres est indigne du titre de législateur. Charlemagne a été un grand génie, mais ce génie est semblable à une terre fertile qui n'est pas cultivée, la religion non éclairée de Charlemagne a été la source de toutes ses fautes. Charlemagne a violé l'Evangile en ruinant les cultivateurs. Les actes du fanatique Charlemagne me conduisent aux conclusions les plus larges de politique.

L'Évangile bien compris est le grand bienfaiteur du monde, l'Evangile est un chef-d'œuvre.

L'Evangile mal compris est le grand perturbateur du monde. L'Evangile mal compris est une grande source de crimes et de fautes.

La religion non éclairée conduit les gouvernements aux grands crimes, aux grandes fautes, aux grandes extravagances.

Une religion d'état est un crime, parce qu'elle conduit toujours aux crimes.

Napoléon-le-Grand est admirable du côté de la religion. D'une main il sortait les cultes de l'ilotisme, de l'autre main il terrassait l'ambition des prêtres.

Un roi doit être politique, économiste, philosophe et législateur. Les philosophes seuls sont capables d'élever les têtes couronnées.

Un prêtre vertueux est incapable de faire l'éducation d'un chef politique.

Neuvième Siècle.

Charlemagne en mourant, laissait à Louis premier, le poids d'un empire qui comprenait toute l'Ancienne Gaule, l'Espagne jusqu'à l'Ebre, les deux tiers de l'Italie et de l'Allemagne. Louis fut le témoin de la décadence de son empire; ce roi comme son auguste père a été le fléau de la religion en la protégeant imprudemment. Le fils de Charlemagne s'occupa toute sa vie à enrichir les prêtres, il n'eut jamais la pensée de diminuer l'oppression des cultivateurs qui parfois abandonnaient leurs terres de qualité inférieure pour se débarrasser des impôts. Charlemagne et son fils ne craignaient pas de donner des privilèges trop grands aux prêtres et les prêtres de leur côté ne craignaient pas de prendre des privilèges trop grands pour être légitimes. Charlemagne et son fils osaient donner de grosses sommes d'argent pour dire un office et les prêtres osaient prendre ces grosses sommes à des pères de famille qui travaillaient et qui ne mangeaient pas de pain.

Le neuvième siècle renferme pour les législateurs une certaine instruction. Charlemagne avait donné aux prêtres de grandes richesses en instituant la dîme, et cependant cette dîme n'avait pas satisfait l'ambition des apôtres de la pauvreté. Les prêtres obtinrent de Louis, fils de Charlemagne, un grand nombre de privilèges. Le neuvième siècle apprend aux législateurs qu'ils doivent toujours et toujours réprimer l'ambition des prêtres.

Dixième Siècle.

Ce siècle et le précédent ont été appelés siècles de fer, dans ce siècle les Français jugèrent les descendants de Charlemagne indignes du trône et ils couronnèrent Hugues Capet, chef de la troisième race. Dans le neuvième siècle Charles-le-Simple abandonna au chef normand Rollon, la grande province de Normandie. L'établissement fixe des Normands en France fut un grand évènement, digne de fixer l'attention des législateurs français. Rollon a fondé en France une colonie florissante parce que ce prince célèbre a été un sévère législateur. J'exhorte les peuples colonisateurs de l'Europe à étudier la législation de Rollon. J'exhorte les Européens à se persuader que leurs lois faibles sont une grande cause de la décadence des colonies. J'exhorte les Européens à se persuader que tous les célèbres fondateurs des colonies ont été des législateurs sévères.

Dans le neuvième et dans le dixième siècle les études furent négligées. J'en donne raison : toutes les dignités étaient accordées à la naissance et non au mérite. Il est très-facile de remplir un pays de savants. Ce moyen consiste à conférer toutes les dignités aux savants. L'École de médecine de Paris est la plus célèbre de l'univers, parce que les titres de professeurs sont conférés aux savants médecins. Si le gouvernement français donnait les titres de professeurs à des protégés la célèbre École de médecine perdrait toute sa gloire et sa réputation.

En passant, j'attaque le plus grand fléau de l'Europe.

Les puissances législatives mal organisées sont la grande cause des maux de l'Europe. La puissance législative a été héréditaire chez les nobles dans toute l'Europe. Quelle absurdité ! Il faut des hommes extraordinaires pour être de sages législateurs, il faut des Moïse, des Minos, des Lycurgue, des Confucius pour constituer les sociétés et des nobles qui à peine savent lire sont les législateurs de l'Europe. La législation est la plus délicate des sciences un demi-siècle d'étude est nécessaire pour faire un grand législateur.

Conclusion.

Aux savants des nations, la puissance législative.

Onzième Siècle.

Le onzième siècle est fertile en grands événements. Ce siècle offre aux législateurs de l'Europe la plus grande instruction, le Clergé et la cour de Rome veulent dominer, les papes qui devraient être les flambeaux de l'Église, abusent de leur autorité et de leurs anathêmes.

Des légions d'écrivains reprochent aux papes des prétentions extravagantes. Ces écrivains accusent les papes de croire que les couronnes leur appartenaient et que les rois étaient leurs vassaux. Je n'ai pas la prétention de justifier les évêques de Rome ; j'exhorte seulement les législateurs de l'Europe de nos jours à faire attention que leurs prétentions sont aussi grandes que celles des papes lorsqu'ils accordent aux rois la prérogative de déclarer la guerre pour des intérêts frivoles. Tous les historiens de l'Europe reprochent aux rois d'entreprendre des guerres pour des intérêts frivoles.

J'exhorte les corps législatifs de l'Europe à diminuer le

grand fléau de la guerre qui désole l'Europe trop fortement et trop souvent.

Les croisades sont un des grands événements du onzième siècle. J'enseigne que les croisades ont été des fautes contre la physiologie. J'enseigne que les Français, que les Anglais, que les Germains sont incapables de supporter les fatigues de la guerre en Asie et en Afrique. J'enseigne que les philosophes condamnent toutes les guerres désastreuses. Un roi, disent les philosophes qui entreprend une guerre désastreuse est injuste envers ses sujets quoique la guerre soit légitime.

Urbain II au concile de Clermont, s'efforça par un discours pathétique d'allumer dans tous les cœurs le zèle dont il était animé. Tout fut bientôt disposé pour cette guerre de religion. On cria unanimement, *Dieu le veut!* Cette première croisade fût une injustice envers les Français parce qu'elle fut désastreuse. A quoi bon faire tuer dix Français pour obtenir la vaine gloire de tuer un sectateur de Mahomet.

Douzième Siècle.

La troisième croisade prêchée par St-Bernard a été le grand événement du douzième siècle. Cette guerre a été une injustice envers les Français et les Européens parce qu'elle devait être nécessairement désastreuse. L'armée des croisés dans la Palestine était de trois cent mille hommes, ils périrent presque tous par les maladies. Dans cette guerre funeste cent chrétiens étaient sacrifiés pour tuer un musulman.

L'affaire de Thomas Becquet arriva dans le douzième siècle; Henri II roi d'Angleterre voulut toucher aux priviléges de l'Église, Thomas Becquet s'en déclara l'intrépide défenseur. Les corps législatifs doivent abolir les priviléges de l'Eglise s'ils sont trop grands, un privilége monstrueux peut être un vrai brigandage.

Treizième Siècle.

Les croisades contre les Musulmans, contre les Albigeois et contre les Grecs remplissent les pages de l'histoire de ce siècle. Le pape Innocent III fut l'âme de la croisade contre les Albigeois. Saint Dominique en fut l'apôtre. Il est certain et très-certain que les guerres de religion ne sont pas autorisées par la doctrine du Christ, ce qui prouve que l'Évangile mal compris est le grand perturbateur du monde. Les deux armées conduites par notre saint Louis dans l'Afrique furent fortement réduites par le climat brûlant de l'Afrique et par les maladies épidémiques.

J'enseigne que les Français sont incapables de supporter les fatigues de la guerre dans l'Asie et dans l'Afrique. Le pape innocent a prêché la croisade contre les Albigeois sans aucun droit. S'il est permis de prêcher des croisades contre les hommes qui ne se conduisent pas bien, il est permis de prêcher des croisades contre les prêtres qui ne se conduisent pas toujours bien. Je conclus que les croisades sont seulement légitimes lorsqu'elles sont purement défensives. Les entreprises militaires pour propager le Christianisme ravalent notre sublime religion et la placent au niveau du mahométisme.

Réflexion.

Le troisième siècle renferme pour les législateurs de l'Europe les instructions les plus grandes. Les résultats des croisades ont été funestes à notre religion : donc les législateurs de l'Europe doivent proscrire toute croisade. Le volcan des croisades n'est pas éteint en Europe, parce que les croisades ont de nombreux partisans.

Les législateurs de l'Europe doivent employer le fer et le feu pour détruire radicalement le fanatisme extravagant des croisades condamné par la doctrine du Christ.

HISTOIRE

DU CHRISTIANISME

DEUXIÈME PARTIE.

La vie de notre saint Louis renferme une des grandes leçons de l'histoire. Notre saint roi donna à ses sujets les exemples de toutes les vertus et cependant ses camps en Afrique furent des centres de prostitution. Ce fait historique prouve d'une manière péremptoire que les hommes ont besoin d'être forcés à pratiquer la vertu par des lois pénales terribles. L'Europe de nos jours se trompe monstrueusement en voulant rendre les hommes vertueux en les lettrant. Les camps des Lacédémoniens et des Romains ne furent jamais des centres de prostitution, ce qu'il faut attribuer à la terrible discipline qui les régissait. Les Chinois sont plus vertueux que les Européens; parce que leurs lois sont plus sévères.

Notre saint Louis est le seul roi de France qui ait protégé la religion prudemment en rabattant les prétentions trop grandes du pape et des prêtres.

Saint Louis a été un législateur, un saint, un héros.

Quatorzième Siècle.

Le grand démêlé de Philppe VI, dit le Bel, avec Boniface VIII, pontife, est le trait le plus remarquable du quatorzième siècle. Ce pontife prétendait être le supérieur des rois dans les choses temporelles. Dans une bulle qui commence par ces mots : *Clericis laïcos*, il défendait aux catholiques de payer aucune taxe qu'elle n'eût été préalablement approuvée par le Saint Siége. Les prétentions extravagantes du pape irritèrent tellement Philippe-le-Bel que ce roi traita le pape avec une hauteur inconvenante.

Tous les peuples de l'Europe de nos jours sont travaillés de la mauvaise maladie de se mêler des affaires des autres nations. Et les papes n'ont pas pu échapper à cette maladie éminemment contagieuse. Il faut convenir qu'il y a progrès chez les évêques de Rome ; ils sont guéris de cette mauvaise maladie de se mêler des affaires des nations, tandis que les peuples de l'Europe attendent la guérison de cette maladie de se mêler des affaires des autres peuples. La doctrine de non-intervention est proclamée par les philosophes anciens et modernes. Et nous voyons cette doctrine violée dans l'Europe entière.

Le jugement des templiers a fait du bruit dans le quatorzième siècle. A quelles causes faut-il attribuer la corruption des templiers ? Les philosophes enseignent que l'opulence et la vertu ont marché rarement ensemble.

J'exhorte les législateurs à se persuader que l'opulence

du clergé établie par Charlemagne a été la grande cause de la corruption des prêtres.

Quinzième Siècle.

Louis XII a été le roi le plus illustre du quinzième siècle, parce qu'il mérita le surnom de Père du peuple. L'illustre Louis XII en se déclarant le grand défenseur du peuple subjugue tous les cœurs des Français. Les grands sont terrassés par la philosophie de Louis XII plus que par les bourreaux de Louis XI, parce que ce roi était maître de tous les cœurs. Les nobles sans partisans sont obligés de se prosterner devant le trône du roi illustre pour obtenir des grâces et des dignités.

J'exhorte les législateurs de remarquer que l'Evangile commande à tous les rois d'être les défenseurs des peuples. J'exhorte les législateurs de l'Europe à se persuader qu'ils sont faits pour le peuple. J'exhorte les législateurs de l'Europe à se persuader qu'ils violent la politique et l'Evangile, lorsqu'ils accordent à la noblesse et au clergé des priviléges trop grands. J'exhorte les souverains de l'Europe à se persuader que notre illustre Louis XII grand défenseur des peuples a été un grand politique et un excellent chrétien. J'exhorte les souverains de l'Europe à se persuader que l'oppression des cultivateurs est un crime et une faute. J'exhorte les rois de l'Europe à se persuader qu'un roi défenseur des peuples n'a jamais été victime d'une révolution.

Seizième Siècle.

Le seizième siècle est malheureusement célèbre par la désolation du christianisme. La religion a été une grande source de crimes dans ce siècle fatal. Les chrétiens au nom d'un Dieu de paix s'égorgent d'une manière impitoyable.

J'appelle l'attention des législateurs.

Quelles sont les causes des révoltes contre le Saint Siége, contre les enfants de Rome et contre les souverains?

J'exhorte les législateurs à se persuader que les abus du Vatican, que les scandales des prêtres, que les priviléges trop grands du clergé, que la dîme imposée aux peuples par Charlemagne n'ont pas été étrangers aux réformes de Luther, de Calvin et au schisme de l'Angleterre.

RÉFLEXION.

Les législateurs de l'Europe pouvaient-ils prévenir les guerres civiles et étrangères qui ont inondé de sang la majeure partie de l'Europe?

Je réponds très-affirmativement. Tous les peuples qui ont secoué le joug de Rome ont voulu sortir de l'ilotisme. Les législateurs auraient prévenu les abominations qui dégradent le seizième siècle en détruisant les priviléges trop grands des prêtres et du Vatican. J'exhorte les législateurs de l'Europe à se persuader qu'ils doivent comme notre Louis XII se déclarer les grands défenseurs des cultivateurs et qu'ils doivent ambitionner le titre de Pères du peuple comme notre Louis XII.

AMÉRIQUE.

Des terres immenses, un nouvel hémisphère, un autre monde, des sauvages, des antipodes font espérer le rétablissement des douceurs du commerce entre les branches de cette grande famille qu'on appelle le genre humain.

Il est triste de dire que l'Amérique a été un vaste théâtre des crimes des Européens. Il est triste de rappeler que la corruption des colons de l'Europe a été un grand obstacle aux progrès du christianisme dans l'Amérique.

Lorsque dans le seizième siècle les crimes que la religion faisait commettre dégradaient le christianime, les vertus apostoliques des jésuites consolaient quelque peu le catholicisme. Les jésuites ont fait revivre les vertus apostoliques parce qu'ils donnaient leurs vies pour leurs brebis. Cependant, j'ai un reproche à faire aux jésuites; un disciple de Loyola n'a jamais été tribun du peuple ce qui prouve que les jésuites connaissent imparfaitement l'esprit de l'Evangile.

Dix-septième Siècle.

Louis XIV a été le voleur de la belle épouse de Montespan, il avait plusieurs concubines; il a fait des guerres pour des raisons frivoles. La révocation de Nantes a été un crime et une faute. Ce roi fastueux a été le grand oppresseur des cultivateurs. Ce roi avait de bonnes qualités; mais à cause de ses défauts et de ses scandales, il est loin de mériter les éloges que tous les écrivains lui donnent. Il fut funeste à la religion en la protégeant imprudemment. Ce roi étranger à la théologie n'a pas eu l'ombre du droit de se mêler de religion; il s'en mêla toute sa vie pour commettre des crimes et des fautes.

Dans le dix-septième siècle Gustave-Adolphe, roi de Suède, a été tué à la bataille de Lutzen, plusieurs écrivains lui ont donné le surnom de héros du protestantisme: Gustave-Adolphe n'avait le droit de défendre ni le catholicisme, ni le protestantisme; il était loin d'être assez savant pour protéger les religions prudemment.

La religion en Angleterre n'a pas été étrangère à l'exécution de Charles Ier, ni à l'expulsion de Jacques II; aujourd'hui le gouvernement anglais en défendant la doctrine de Luther commet un crime et une faute, il autorise sans droit les prêtres protestants à décimer les récoltes des

Irlandais. Cette grande injustice est la vraie cause des insurrections des fénians qui menacent la fière Albion.

Je conclus qu'une religion d'ètat est un crime.

Je conclus que les protections insensées ont bouleversé le christianisme.

Je conclus que le christianisme a fait de grandes conquêtes, avant Constantin, parce qu'il n'a pas été protégé.

Dix-huitième siècle.

Le christianisme, la politique et la philosophie doivent marcher ensemble. L'intervention des Français dans l'indépendance américaine a été une injustice et un acte impolitique. L'Europe deux fois à Paris : Tels sont les fruits glorieux de notre intervention en Amérique contre nos voisins d'outre-mer.

La religion n'a pas été étrangère à l'exécution de Louis XVI. Ce roi faible et ignorant accordait aux prêtres des priviléges trop grands et injustes. Les priviléges trop grands des prêtres et des nobles ont été les causes de la fameuse révolution de 89.

Bonaparte, premier consul, est en matière de religion digne de l'admiration de l'Univers. Cet homme extraordinaire, d'une main sortait les cultes de l'ilotisme, de l'autre main il terrassait l'ambition des prêtres. Bonaparte, consul, en respectant les religions de ses sujets, a rempli un grand devoir prescrit par les philosophes.

Frédéric II, le Grand, est la grande figure du dix-huitième siècle. Sa tolérance religieuse n'est pas étrangère à sa grandeur. Chose étrange ! Louis XVI, ignorant et fanatique veut protéger injustement la religion, en donnant au clergé des priviléges iniques, ce roi porte sa tête à l'échafaud. Le grand Frédéric parvient à la gloire et à une solide grandeur en tolérant tous les cultes.

Dans le dix-huitième siècle l'indépendance américaine est reconnue par les puissances de l'Europe. Cette république a donné à l'Europe un grand exemple de sagesse en déclarant que la religion ne regarde pas les gouvernements. La tolérance américaine qui est un parfait modèle est une grande cause de la grandeur de la fameuse république américaine.

Bataille de Pultava l'an 1709.

Le grand fléau de Pultava a été un bienfait immense pour la Suède. Le grand fléau de Pultava a été la source de la civilisation de la Suède. Le grand fléau de Pultava a guéri les Suédois du brigandage extravagant de la guerre. Le grand fléau de Pultava détermine aujourd'hui les états de la Suède et un très-noble rejeton de la France a proclamer la neutralité de la Suède dans les guerres européennes.

Au nom de la philosophie j'enseigne à l'Europe que la neutralité de la Suède est suprême sagesse et grandissime progrès.

Les Français égarés par leurs sophistes abominables demandent à grands cris la revanche de Waterloo. J'enseigne aux Français qu'une revanche de Waterloo est une violation de l'Évangile, une violation de la politique et une violation de la civilisation.

J'exhorte de toutes mes forces les Français à se persuader que l'épée séparée de la philosophie ne fait rien de bon.

J'exhorte de toutes mes forces les Français à se persuader qu'une victoire injuste déshonore le peuple vainqueur. Nous arrivons au dix-neuvième siècle de l'ère chrétienne.

Ce fameux siècle est le siècle de Napoléon-le-Grand. Tous les grands hommes que ce siècle a produits sont des pygmées devant le génie soleil de Napoléon-le-Grand. Comme l'histoire romaine, l'histoire de Napoléon-le-Grand est une vaste école pour les souverains, pour les diplomates, pour les législateurs et pour les peuples, Napoléon-le-Grand a des admirateurs dans tout l'univers, pour moi, en matière de religion, je suis l'admirateur de Napoléon-le-Grand. Ce génie extraordinaire mérite une place parmi les rois défenseurs prudents du christianisme, parce qu'il a toléré tous les cultes, parce qu'il a dompté l'ambition des prêtres et parce qu'il a été le défenseur des cultivateurs. Ce grand prince a été le vainqueur et le législateur des Italiens. Ses lois sont estimées en Europe, quoique Napoléon-le-Grand ait fait la grosse faute de tolérer la corruption des femmes. Sa guerre de Saint-Domingue fondée sur le droit a été une faute contre la physiologie ; les Français sont incapables de supporter les fatigues de la guerre à St-Domingue. La fameuse bataille d'Austerlitz n'a pas fait de Napoléon le maître de l'Europe parce qu'il ne s'est pas déclaré le grand défenseur des peuples. Trafalgar a été un fléau pour la France que Napoléon-le-Grand pouvait prévenir en faisant des Anglais les amis de la France. La campagne de Russie a été comme celle de St-Domingue au-dessus des forces physiques des Français. La confédération des souverains de l'Europe aurait été impossible si Napoléon-le-Grand avait subjugué les cœurs des peuples en se déclarant leur défenseur. Les cent jours sont les beaux jours de Napoléon. Son retour de l'île d'Elbe est une marche triomphale jusqu'à Paris. Le Bourbon sophiste fuit devant Napoléon-le-Grand comme une ombre légère devant l'astre du jour. Napoléon-le-Grand aurait pu prévenir le désastre fatal de Waterloo en subjuguant les cœurs des peuples européens.

Conclusion.

La fameuse histoire de Napoléon-le-Grand est une vaste école pour les souverains, les diplomates, les législateurs et les peuples de tout l'univers.

Napoléon-le-Grand en subjuguant, les pays n'a pas subjugué les cœurs; c'est la cause unique de sa chute déplorable.

La campagne d'Espagne, dirigée par le duc d'Angoulême a été une iniquité, parce qu'on a combattu contre les États généraux de l'Espagne et parce que les États généraux renferment la grande autorité politique selon les grands philosophes. Tous les souverains de l'Europe qui ont déclaré la guerre à la France, à l'époque mémorable de la célèbre réforme de 89, ont commis une grande injustice.

Louis-le-Désiré et son frère Charles X, protecteurs imprudents du christianisme, commirent le grand crime de Coriolan en parcourant l'Europe pour chercher des défenseurs à la cause royaliste. Napoléon et Charles X ont voulu se faire sacrer pour se consolider sur le trône; c'est l'enfantillage le plus pur. Un souverain qui travaille à enrichir le peuple n'a jamais été détrôné par ses sujets.

Louis-Philippe, successeur de Charles X honteusement chassé par ses sujets, monte sur le trône brillant de la France, funeste aux despotes. Ce roi porta son intervention dans la Belgique. Quoique la doctrine de non-intervention soit proclamée en Europe par les philosophes anciens et modernes.

Question de la guerre et des interventions.

Les philosophes enseignent que la guerre est un mal nécessaire; mais les philosophes enseignent que la civilisation défend de déclarer la guerre sans consulter un jury.

Les philosophes enseignent qu'un gouvernement est injuste lorsqu'il entreprend une guerre désastreuse. Aujourd'hui le gouvernement britannique serait injuste envers les Anglais s'il voulait tirer vengeance des atrocités commises par les Indous; parce que les Anglais sont incapables de supporter les fatigues de la guerre dans l'Indoustan.

J'exhorte de toutes mes forces les gouvernements de l'Europe à se persuader qu'une guerre injuste est une énorme violation de l'Évangile, de la civilisation et de la philosophie.

J'exhorte les peuples de l'Europe à se persuader qu'ils s'égorgent trop facilement sur un champ de bataille ce qui est une désolation pour la religion.

Voilà ce que je demande : en France on a fait toute sorte de cérémonies pour tuer Orsini. Hé bien! qu'on en fasse autant pour égorger des innocents sur un champ de bataille.

Questions papales.

Le saint Père Pie IX, portant le nom de Mastaï, fut nommé archévêque d'Imola, en 1832. Il s'est ruiné dans son diocèse par ses bonnes œuvres, et il a mérité le titre de l'ami des pauvres et de héros de la bienfaisance. Le 16 juin 1846, Pie IX a été élu pape. Le 21 juin, le cardinal Riaro-Sforza lui posa la tiare sur la tête. La joie fit verser des larmes. Les dévots firent des prières pour remercier Dieu d'avoir donné la tiare à un héros de la bienfaisance, plein de zèle pour le bien public. Il entreprit des réformes; mais les sages réformes ont été au dessus de ses forces.

Je reproche au pape trois fautes colossales. Le pape commet une faute colossale en faisant de larges aumônes à une armée de pauvres valides. Si la France nourrissait une armée de pauvres valides comme la fière Albion, comme l'Espagne, comme l'Italie, cette fausse bienfaisance réduirait les Français à manger de la chair humaine parce que les bras manqueraient à la culture des terres. Le pape, en nourrissant une armée de pauvres valides, ruine les cultivateurs en enlevant les bras aux travaux des champs.

Le pape commet une faute colossale en ouvrant des refuges aux filles publiques repentantes, la fausse indulgence du pape encourage les filles à se jeter dans la prostitution.

Le pape commet une faute colossale en traitant avec une grande indulgence les malfaiteurs. L'indulgence, la clémence envers les faux pauvres, envers les filles publiques, envers les voleurs sont des cruautés envers les hommes vertueux.

Les devoirs d'un pasteur sont très-différents des devoirs d'un chef politique. Un pasteur doit moraliser pour rendre les hommes vertueux. Un chef politique doit employer des lois pénales sages, sévères et terribles pour rendre ses sujets vertueux. La religion est insuffisante pour rendre les hommes vertueux puisque la religion n'a pas rendu tous les papes vertueux. Un code pénal sage et sévère est le moyen principal pour rendre les hommes vertueux. La religion, la littérature sont des moyens secondaires pour donner de la vertu aux hommes : telles sont les doctrines des grands philosophes.

Lorsqu'une femme demande l'aumône au pape, le père des chrétiens doit l'accorder pour édifier comme pasteur; comme chef politique il doit faire arrêter cette femme, et prendre des renseignements. Si la mendiante est une fille publique Pie IX doit la châtier sévèrement.

Question de l'aumône.

Sur cette question la Chine est un parfait modèle. Un manchot pauvre reçoit un secours de la caisse nationale, il est forcé à un travail jusqu'à périr sous le bâton ; on le fait gardien d'une porte et comme les autres il peut se marier.

Je conclus que c'est un devoir pour le pape de forcer au travail les pauvres valides, les filles publiques et les maraudeurs par des lois pénales sages et sévères.

Un grand politique s'exprime ainsi : « Le plus formida-
» ble problème que nous ayons à résoudre, c'est la ques-
» tion romaine. »

Voilà mon opinion : Je pense que le pape doit accorder à ses sujets une chambre de représentants élus par le suffrage universel, et reconnaître dans la chambre des représentants la grande autorité politique.

Paroles d'un philosophe.

« Dans l'ordre religieux, la grande autorité réside dans
» les conciles généraux. Dans l'ordre politique la grande
» autorité doit appartenir aux Etats généraux. La puis-
» sance législative doit appartenir exclusivement aux fa-
» vorisés du suffrage universel. La puissance exécutive
» doit-être entièrement séparée de la puissance législative.
» Les propriétaires des maisons, les capitalistes doivent
» payer autant d'impôts que les cultivateurs. L'oppression
» des cultivateurs est un crime, une faute et une extrava-
» gance. » Telles sont les doctrines des grands philosophes.

Préjugé européen.

Toutes les classes européennes s'imaginent qu'un personnage lettré est capable d'être législateur, diplomate et chef politique.

L'Europe est plongée dans une erreur aussi monstrueuse que funeste. La politique qui est l'art de gouverner les hommes est très-délicate et très-difficile, un grand politique, un grand législateur sont des hommes extraordinaires.

Un autre préjugé monstrueux règne en Europe ; il est la conséquence du premier. Les chefs politiques, les grands conseils, les Etats généraux de l'Europe sont persuadés qu'il faut fonder des dynasties nouvelles avec des princes. Les Athéniens ont parcouru l'Europe pour chercher un prince afin de le placer sur le trône de la Grèce, et les Athéniens ont fait choix de deux enfants pour être leurs souverains. En dernier lieu on a cherché un prince pour régénérer le Mexique. L'Europe se trompe monstrueusement ; il faut chercher des hommes extraordinaires pour en faire des rois. Quels sont les hommes qui sont dignes de porter des couronnes? Ce sont les grands philosophes. Dans toute l'Europe on s'imagine que les nobles conviennent plus que les plébéiens pour être législateurs ; c'est une erreur grossière ; pour être un grand législateur il faut être homme extraordinaire ; et les hommes extraordinaires sont rares et on les trouverait plus souvent parmi les plébéiens que parmi les patriciens.

Une autre erreur monstrueuse règne dans l'Europe entière. L'Europe s'imagine que les hommes riches conviennent plus pour être législateurs que les hommes qui possèdent une fortune médiocre. L'Amérique a partagé l'erreur grossière de l'Europe ; pour être candidat au corps législatif ou au sénat, il faut être riche au Brésil et dans l'Union.

Je réfute l'Europe et l'Amérique par des faits historiques péremptoires. La richesse ne donne ni le génie, ni la science ni l'amour du bien. Jean-Jacques Rousseau et l'abbé de Mably ont été les grands législateurs du dix-huitième siècle et ils ont été pauvres. L'abbé de Mably et Jean-Jacques Rousseau, éloignés d'un corps législatif à cause de leur pauvreté, seraient une grandissime perte pour une nation.

Conclusion.

Aux savants des nations la puissance législative.

Le très-saint Père Pie IX possède toutes les qualités d'un pasteur; mais il est étranger à la science politique, et il est incapable de faire le bien que son cœur désire. Il veut être le père de ses sujets, et il ne sait pas être père. Il est loin d'avoir assez de science en politique pour être un habile réformateur.

Lorsque les gouvernements chrétiens le consultent en politique, le saint Père répond d'une manière évasive. Il a coutume de dire aux gouvernements ou aux princes chrétiens qui le consultent ces belles paroles : » Soutenez les » droits des peuples et soutenez les droits de l'église. » Mais en quoi consistent les droits des peuples et en quoi consistent les droits de l'église? C'est ce qui reste à savoir. Les gouvernements et les princes peuvent consulter le pape sur des cas de conscience; mais ils doivent cesser de l'importuner sur la politique.

Définition de la philosophie.

La philosophie est tout-à-fait synonyme de la vérité. Un roi qui mérite le titre de philosophe connaît des vérités qu'un roi vulgaire ne connaît pas. Louis-le-Désiré ne veut être que le roi des nobles et des prêtres ; il fuit devant Napoléon comme une ombre légère devant l'astre du jour parce que Napoléon-le-Grand se déclare l'empereur de tous les Français. La Russie est parvenue à une grandeur qui fait trembler l'Europe, parce que, depuis Pierre-le-Grand, tous les Czars ont été les grands défenseurs des cultivateurs, tous les Bourbons de l'Europe sont chassés honteusement parce qu'ils n'ont voulu être que rois des prêtres et des nobles. » Tout chef politique, disent les » grands philosophes, doit remuer les masses en sa fa- » veur, s'il veut parvenir à la vraie gloire et à une solide » grandeur. »

Conclusion.

Tout ce qui est séparé de la philosophie est stérile.

Préjugé sur la philosophie.

L'on croit généralement que la philosophie et le christianisme sont incompatibles, c'est la plus grande des erreurs. L'Évangile est un répertoire de vérités; la philosophie c'est la vérité : la philosophie est donc sœur de la religion. L'Evangile est un chef-d'œuvre de politique, pour arriver à la grandeur terrestre, il faut pratiquer l'Evangile; pour arriver à la grandeur céleste il faut pratiquer l'Evangile. Lorsque les Czars se sont déclarés les grands défenseurs des serfs ils ont pratiqué l'Evangile par leur immense charité. Lorsque les Bourbons n'ont pas voulu être rois des cultivateurs ils ont violé l'Evangile, ils ont violé la charité. Lorsque Napoléon-le-Grand traitait les peuples vaincus avec modération, il pratiquait l'Evangile, lorsque Napoléon-le-Grand ne punissait pas ses généraux coupables de concussion, il violait l'Evangile, il violait la politique en faisant des ennemis à la France.

Cause de la proscription du christianisme.

Le christianisme est généralement proscrit en Afrique

et en Asie à cause de la corruption des chrétiens. Si la divine Providence m'avait fait élever dans la philosophie de la Chine, je serais probablement le grand ennemi du christianisme, parce que les Européens sont les hommes les plus corrompus de l'univers. Les Européens homicides entreprennent des guerres pour des raisons frivoles. Les Européens ne craignent pas de commettre le crime d'adultère, les Européens sont peu fidèles dans le commerce et ils cherchent à s'enrichir par des banqueroutes. Dans la Chine, la Turquie, au Japon, dans les Indes orientales les classes lettrées pensent que le législateur des chrétiens permet à ses sectateurs de violer la loi naturelle, et que sa doctrine doit être proscrite.

RÉFLEXION.

Quelle est la cause de la grande corruption des chrétiens? La cause la plus grande de la corruption des chrétiens, c'est le relâchement des prêtres. Les prêtres chantent des *Te Deum*, lorsqu'un roi a fait tuer deux cent mille hommes sur un champ de bataille. Les prêtres demandent aux gouvernements de gros traitements quoique la richesse du clergé ait été condamnée par le législateur des chrétiens.

Pour établir le règne du Christ dans le monde, tout est à faire, il faut régénérer les prêtres et les nobles; il faut régénérer les gouvernements et les corps législatifs de l'Europe.

Je termine l'histoire de la grandeur et de la décadence du christianisme, par quelques mots sur le futur concile général qui doit se réunir à Rome, le 8 décembre 1869. Les vertus apostoliques de la primitive église ont fait la grandeur du christianisme. La disparition des vertus apostoliques fait la décadence de notre religion. Pour faire des conquêtes à la croix il faut absolument des vertus; si aujourd'hui les vertus apostoliques sont presque impraticables, les prêtres de nos jours doivent remplacer les vertus apostoliques, par les vertus nationales. Les prêtres, les papes, les conciles doivent se déclarer les grands défenseurs des peuples et surtout des cultivateurs opprimés presque partout en Europe. Le congrès de Berne, grand défenseur de la paix, a pratiqué un grand précepte de l'Évangile.

J'exhorte de toutes mes forces le saint concile futur à diminuer en Europe le grand fléau de la guerre.

Le catholicisme est en progrès en Angleterre.

Les causes du progrès du catholicisme en Angleterre renferment pour les législateurs une grande instruction. Les vertus apostoliques du clergé Irlandais sont la vraie cause des progrès du catholicisme dans la Grande-Bretagne. Le clergé de l'Irlande est une image du clergé de la primitive Eglise : les prêtres de l'Irlande après de fortes études desservent les paroisses catholiques sans aucun traitement du gouvernement. Ces prêtres, après avoir rempli leurs devoirs de religion, prennent la bêche, vont travailler leurs terres et se contentent d'une grossière nourriture; leurs vertus apostoliques font sensation en Angleterre et attirent dans la communion catholique de nombreux protestants. Le nombre de catholiques à Londres augmente dans une proportion très-grande.

La religion anglicane est en décadence aujourd'hui, parce que les prêtres, disciples de Luther, ne pratiquent point les vertus apostoliques.

Je conclus que les vertus apostoliques des prêtres catholiques sont la vraie cause des progrès du catholicisme en Angleterre.

Je conclus que l'absence des vertus apostoliques est la véritable cause de la décadence du protestantisme en Angleterre.

Avenir du catholicisme en Angleterre.

Les progrès du catholicisme en Angleterre disparaîtront avec la disparition des vertus apostoliques des prêtres. Les vertus apostoliques disparaîtront dans la Grande-Bretagne, si l'on accorde des richesses aux prêtres, parce que les richesses attirent dans le clergé de faux prêtres et parce que les vertus apostoliques et les richesses ne marchent pas ensemble : il ne faut à la religion ni protection ni persécution. Le christianisme fut très-florissant sous les empereurs tolérants, et Constantin fut fatal au christianisme, non en donnant la paix à la religion, mais en la protégeant imprudemment, en donnant des richesses aux prêtres condamnées par le législateur des chrétiens.

L'oppression des catholiques en Angleterre est un crime, une faute, une violation de l'Evangile et une violation de la politique. Cependant dans le parlement anglais il y a de la science. de la politique et des vertus. Ce qui parait un mystère s'explique par le fanatisme. La Grande-Bretagne a toujours été la patrie du fanatisme : lorsque les catholiques dominaient ils faisaient brûler les protestants ; Lorsque ceux-ci dominaient ils opprimaient les catholiques.

Nous sommes forcés de conclure que la religion est dans l'enfance en Angleterre et en Europe.

Tertullien fut le chef d'une hérésie de courte durée, ont peut en dire autant de Dorat, de Pélage et d'un grand nombre de chefs d'hérésie dont l'Eglise catholique romaine a triomphé complétement et facilement; il n'en est pas de même de Luther, cet hérésiarque, très-différent de ses prédécesseurs, a fait subir à l'Eglise romaine une terrible décadence.

Quelles furent les causes de la décadence du christianisme opérée par Luther.

Luther entreprit de prouver que l'Eglise romaine ne pouvait pas être l'Eglise véritable à cause de sa corruption. Les États d'Allemagne s'assemblèrent à Nuremberg, ils dressèrent un long mémoire des abus dont ils demandaient la suppression, ce mémoire avait pour titre *centum gravamina*. Ce mémoire renfermait cent abus qu'ils ne pouvaient plus tolérer. Le pape Adrien VI reconnaissait la nécessité de réformer beaucoup, mais il mourut avant d'avoir pu l'exécuter. Le pape Clément VII promit de supprimer un grand nombre d'abus; mais il laissait subsister les plus dangereux. Alors la moitié de l'Europe se sépara de la communion romaine à cause de sa profonde corruption. Tous les jours beaucoup d'hommes abandonnent la religion à cause dés scandales des prêtres.

RÉFLEXION.

Il est certain et très-certain que les scandales des prêtres ont causé la décadence du christianisme. Il est certain et très-certain que les puissances législatives mal composées ont favorisé cette déplorable décadence en ne réprimant pas par des lois protectrices les scandales des prêtres.

Depuis l'ère chrétienne, l'on n'a pas surveillé assez les

prêtres et on ne les a pas assez punis lorsqu'ils ont été en faute. L'on a pas assez-surveillé les médecins et on ne les a pas assez punis lorsqu'ils ont été en faute.

Depuis l'ère chrétienne, en Europe on a jamais assez surveillé les magistrats et on ne les a pas assez punis lorsqu'ils ont été en faute.

On n'a jamais assez surveillé les professeurs et les instituteurs et on ne les a pas assez punis lorsqu'ils ont été en faute.

Ces quatre classes d'hommes sont surveillées dans la Chine et les coupables sont punis sévèrement. Les prêtres ont toutes les passions et les faiblesses des autres hommes, de plus le fanatisme est une grande source de crimes chez les prêtres, et les philosophes ne disent pas qu'un crime qui a sa source dans le fanatisme mérite de l'indulgence.

Je conclus que les faibles législateurs de l'Europe ont été une grande cause de la décadence du christianisme en tolérant les scandales des prêtres, des évêques et des papes.

Question philosophique.

Est-il possible de ramener dans le sein de l'Eglise catholique les protestants?

Je réponds très-affirmativement. Les vertus apostoliques ont attiré les payens dans la religion chrétienne, ces mêmes vertus feront entrer dans la communion romaine les provinces et les royaumes qui ont eu le malheur de l'abandonner.

En Angleterre le catholicisme est en progrès ce qu'il faut attribuer aux vertus apostoliques des prêtres catholiques Irlandais. J'exhorte de toutes mes forces les prêtres enfants de Rome à se déclarer les défenseurs des peuples, à condamner les impôts vexatoires, les sinécures, les traitements trop élevés.

J'exhorte surtout les prêtres enfants de Rome à condamner les interventions et les guerres injustes, qui sont pour l'Europe de grands fléaux.

Clermont-Ferrand. Imprimerie Ducros-Paris.

www.ingramcontent.com/pod-product-compliance
Ingram Content Group UK Ltd.
Pitfield, Milton Keynes, MK11 3LW, UK
UKHW031853260826
14628UKWH00002B/740

9 782329 449937